AF155096

August Wilhelm Iffland

Verbrechen aus Ehrsucht

Ein ernsthaftes Familiengemählde in 5 Aufz., Mannheim 1784

August Wilhelm Iffland

Verbrechen aus Ehrsucht
Ein ernsthaftes Familiengemählde in 5 Aufz., Mannheim 1784

ISBN/EAN: 9783743624368

Hergestellt in Europa, USA, Kanada, Australien, Japan

Cover: Foto ©Andreas Hilbeck / pixelio.de

Weitere Bücher finden Sie auf **www.hansebooks.com**

Verbrechen aus Ehrsucht.

Ein
ernsthaftes Familiengemählde
in fünf Aufzügen,

von

August Wilhelm Iffland.

Für
die Mannheimer National- Schaubühne.

Mannheim,
in der Schwanischen Hofbuchhandlung,
1784.

Ihro Excellenz

der

Freifrau von Dalberg,

gebornen von Ullner

unterthänigst gewidmet

von

dem Verfasser.

An
die Schauspieler
der
auswärtigen Bühnen.

Wenn dieses Stück von Würkung seyn soll; so muß es äußerst genau gelernt werden. Vorzüglich darf in Betref der kleinen Reden nicht die mindeste Nachläßigkeit übersehen werden. Es ist nicht genug daß jeder einzelne Ausruf, z. E. Ach Gott: o mein Vater, lebhaft gesagt werde; sondern er muß der Heftigkeit oder Feierlichkeit der Sache angemessen seyn. Vorzüglich müssen die Stellen,

wo=

woburch Einſchließungszeichen, mehrere
Ausrufungen zugleich ausgeſprochen
werden, aus einen gedrängten Herzen
kommen. Den vierten und fünften Akt
empfehle ich zu ſorgfältigen Proben ohne
Rollen. So oft man, um dem Ameub-
lement, ſo wie ich es angab, treu zu bleiben, nöthig hätte, daſſelbe bey Verwand-
lung des Theaters abtragen zu laſſen;
ſo bitte ich, zu Vermeidung dieſes groſen
Uebelſtandes, es nach Gefallen zu verän-
dern. Die Zwiſchenakte müſſen ſehr kurz,
und von Dekorateur und Schauſpieler,
nicht in die Länge gezogen werden. Ich
nahm hierauf beſondere Rückſicht.

Bey der Beſetzung der Rollen — wird
manchmal das Herkommen gegen meine
Wünſche ſtreiten; nur bitte ich den Sekretair Ahlden, nicht als ſo genannten
zweiten Liebhaber zu vertheilen. Wer
ihn

ihn dann aber spielt, dem empfehle ich
mich angelegentlich. Eben dieses ist der
Fall bey der Louise; diese Rolle muß durch
die Einfachheit der Darstellung gewinnen,
immer von ganzer Seele am Guten Theil
nehmen, bey den Unglückfällen des Hau=
ses leiden, auch wo sie nicht spricht.

Der Haushofmeister soll Lächeln er=
regen — aber ich protestire gegen Poße.
Seine Kleidung, sey altfränkisch, aber
einfach, rein, doch nicht herausgeputzt.
Eben so der Bediente, der, so wie das
Interesse steigt, nach Art der Leute, die
mit einer Familie alt werden, vertraulich
werden darf — aber mit Bescheidenheit!
Der Jude, mag Jude seyn, nur schone
der Schauspieler, im dritten Akt, des
jungen Ruhbergs Interesse. Vorzüglich
muß desselben Abgang kaum merklich seyn.
Der Baron Ritau muß in Rede, Klei=

dung

dung und Gebärde, durchaus anständig
seyn. Ich dachte mir in ihm einen von
denen so gewöhnlichen Menschen, welche
lieber ihre beſſere Ueberzeugung aufopfe-
ren, als dem Wohlleben entſagen wollen.

Wer die Rolle des jungen Ruhbergs
darſtellt, dem wird es ohne mein Errin-
nern am Herzen liegen, daß man um ihn
her, im dritten Akt, nicht träge ſey. Wenn
aber Haß auf dieſer Rolle ruht; ſo iſt es
durchaus die Schuld des Schauſpielers.
Das Gutherzige, Heftige, und Grade des
Oberkommißairs — wird ja wohl kein
Schauſpieler zu ſtark— ich will ſagen, grob
nehmen, oder den alten Ruhberg predigen.

Alles was ich noch zu ſagen haben kön-
te—will ich in eine Bitte zuſammenfaſſen;

Daß bey der Vorſtellung, doch alles
fein häuslich zugehen möge; Tragödien-
ton würde dieſes Stück umbringen.

Ich

Ich schreibe nach meinen Herzen, ohne alle Regeln (nicht als wäre ich nicht von ihrer Nothwendigkeit überzeugt: aber es thut mir leid, ich kenne sie nicht genug) soll ich nur etwas gewinnen, so muß die Darstellung von Herzen gehen.

Dann darf ich Schauspielern und Publikum einen Abend versprechen, der beiden nicht gereuen wird.

Diese Gewißheit, entsteht nicht aus meiner Meinung von dem Stück: sondern die fürtrefliche hiesige Vorstellung ist es, welche mir diese angenehme Ueberzeugung gewährte. So viel auch die große Darstellung, auf der hiesigen Bühne meinem Stücke Neuheit verlieh, so sehr ich auch einzelne, von den begeisterten Künstlern, geschaffene Szenen verehre — so wäre es doch Undank, diese besonders zu nennen, da ich denen, welche die letzten Rollen spiel-

ten,

ten, so viel Eifer und guten Willen verdanke, als denen durch welche die ersten Rollen besetzt waren.

Die allgemeine Stille, die feyerliche Ruhe der Versammlung, wodurch Begeisterung der Schauspieler entstand — die warme gütige Aufnahme dessen, was ich mindestens gern leisten wollte — der herrliche Abend, wo Publikum und Schauspieler eine Familie auszumachen schienen — wird mir ewig unvergeßlich seyn!

Mannheim den 3ten April
1 7 8 4.

Wilh. August Iffland.

· Personen:

Obercommissair Ahlden.	Hr. Beil.
Secretair Ahlden, sein Sohn.	Hr. Böck.
Rentmeister Ruhberg.	Hr. Iffland.
Mad. Ruhberg, seine Frau,	Mad. Rennschüb.
Eduard Ruhberg, } seine	Hr. Beck.
Louise Ruhberg, } Kinder.	Mad. Beck.
Baron von Ritau.	Hr. Rennschüb.
Hofrath Walther.	Hr. Herter.
Die Horäthin, seine Frau.	Mad. Wallenstein.
Ein Fiskal.	Hr. Gern.
Doktor Ewers.	Hr. Kirchhöfer.
Haushofmeister Lorenz.	Hr. Pöschel.
Christian, Bedienter, }	Hr. Richter.
Henriette, Kammermädchen, }	Mad. Nikola.
(im Ruhbergischen Hause.)	
Ein Jude.	Hr. Frank.
Ein Ladendiener.	Hr. Backhaus.
Ein Gerichtsdiener.	

Zum erstenmal aufgeführt den 9 März 1784.

Erſter Aufzug.

Erſter Auftritt.

(Ein bürgerliches Zimmer nur zwey Flügel tief, mit einer Mittelthüre. Ein Schreibtiſch, worauf zwey Bund Akten, und einige Bücher liegen. Es iſt Morgen.)

Secretair Ahlden

(ſitzt an dem Schreibtiſche, ſteht auf und beſchäftiget ſich mit dem einen Bund Akten. So viel es ohne die Wahrheit zu beleidigen ſeyn kann, machen es die Abwechſelungen ſeiner Beſchäftigungen vergeſſen, daß er einen Monolog ſagt.)

— Ein heitrer ſchöner Morgen zu einem ſo wichtigen (bedenklich) wichtigen Tage! (die Arbeit verlaßend) Der Tag entſcheidet — Wohl mir, daß ich die Bahn breche — wohl mir! Der alte Ruhberg iſt ein gerader Mann, ſomit kann meine grade Anwerbung ihm nicht mißfallen. — hm! — Iſts doch, als ob ſelbſt die Natur in ihrer gefälligſten Geſtalt dieſen Tag feyern wollte. —

A   Meine

Meine Arbeit gelang mir beſſer als je; mein Blut
fließt ſo leicht — ich habe ganz den Muth, der
über Schwierigkeiten hinaus ſich Wege bahnt, —
Nur mein Vater — ſeine Heftigkeit, ſein projecti-
ren einer andern Verbindung? — Seys! Kenne
ich nicht ſein Herz? Die Sache mag Ernſt werden — traurig wird ſie nicht.

Zweyter Auftritt.

Oberzahlcommiſſair Ahlden, und Secretair
Ahlden, ſein Sohn.

Obercomm. Guten Morgen, mein Sohn!

Secr. Herzlichen Dank; mein lieber, guter
Vater.

Obercomm. Ich glaube, du ſprachſt mit dir
ſelber? he! — Ja du haſt mit dir ſelbſt geſpro-
chen. Das mußt du nicht thun.

Secr. Es wäre — ich weiß nicht —

Obercomm. Ja die Leute wiſſen es niemals,
ich weiß das wohl. — Es iſt eine böſe, böſe Gewohnheit. Du weißt, ich habe es an unſrer ſeeli-
gen Muhme nie leiden können. — Apropos — eh
ich eins ins andre rede — — da bringe ich dir deine
Defenſion zurück. — Iſt dir mit Gottes Hülfe
recht brav gerathen. Recht brav! — Es iſt Leben
darinne. Keine Kniffe, kein Geſchwäz. — Herz
und

und Leben! Das heißt seiner Parthie dienen: dafür wird dich auch Gott segnen, mein Karl!

Secr. Wenn sie wüßten, was ihr Lob in
mir wirkt! Unternehmungsgeist, Ausdauer —

Obercomm. Hm! hm! — Soll mir lieb
seyn! Aber höre — laß doch die neumodischen
Wörter aus deinen Arbeit weg. Zeig einmal her,
(suchend) hr — brr — hm — hn — — Ja! da —
Bestimmung — Drang der Verhältnisse — Leidenschaft — he! was haben die Leidenschaften in
einer Defension zu thun?

Secr. Die Leidenschaften aber doch so vieles
mit den Menschen —

Obercomm. Alle gut — alle gut — aber du
weißt, die hohen Herren lassen es nicht passiren.

Secr. Sollte nicht jeder thun, was an ihm
ist, daß der Mensch nach der Sache gerichtet würde, nicht nach den todten Buchstaben?

Obercomm. Nun ich kann es nicht gerade
zu tadeln, daß du dir einen eignen Stylum gewählt hast, mein Sohn — Ihr mögt freylich
Anno 84. wohl anders schreiben, als wir Anno 40.
weil denn aber doch noch so viele von Anno 40. da
sind — so richte es allemal so ein, daß die es auch
verstehen. — Das bey Seite — Warum ich ei-
gentlich zu dir komme —

Secr.

Secr. Das wäre —

Obercomm. Der Bergrath Wohlzahn reiset die kommende Woche auf das Gut. Ich habe vorläufig mit ihm gesprochen. — Es wird alles gut gehen — Du kannst dich produziren; dann deine Sache, wegen seiner Tochter anbringen.

Secr. Aber mein Vater — warum —

Obercomm. Warum? — weil sie deine Frau werden soll. Ich muß dich versorgt sehen, ehe ich die Augen schließe. Und — Karl, Karl, ich traue nicht. Ich traue meiner Maladie nicht. Krieg ich noch einmal so eine Attaque — so bin ich da gewesen.

Secr. Gott behüte, wie können sie denken, daß so eine unbed —

Obercomm. Unbedeutend? Nein, nein, ich werde gewaltig stumpf! Kein Wunder; die Strapazen in den Kriegsjahren, — der Chagrin und — nun wie es Gottes Wille ist! — Aber, wenn ich von dem Malaga, den ich im Keller habe, auf deiner Hochzeit noch mittrinken soll — so mach fort. Sonst bleibt er dir stehen bis zu meinem Begräbniß.

Secr. Ich kann ihrer herzlichen Güte nicht Verstellung entgegen setzen. Auch hätte ich ihnen schon heute eine Entdeckung gemacht, wären sie nicht durch ihren Antrag mir zuvor gekommen.

kommen. — Ich — zürnen sie nicht, gütiger
Mann —

Obercomm. Nun —

Secr. Ich kann die Wohlzahn nie heyrathen.

Obercomm. Das begreif ich nicht. Das
Mädchen ist hübsch, brav, jung, reich. Du hey-
rathest in eine gute Familie. Kriegst Freunde, Konnexionen; kannst eine Karriere machen — Konstellation ist gut. Was fehlt noch? — Warum willst
Du nicht? he! — — Oder liebst du eine andere?

Secr. (mit bescheidener Festigkeit) Ja mein
Vater.

Obercomm. Hm! hm! (mit unterdrücktem
Mißvergnügen) Hm, hm, das ist mir nicht lieb.
(nach einigem Umhergehen nicht mehr an sich halten
könnend) Das ist dumm — recht dumm!

Secr. Nur durch sie kann ich glücklich werden, oder niemals.

Obercomm. Glücklich werden? Das ists
eben, (heftig) gesehen, geliebt, und — glücklich
seyn, das ist bey euch eins! — (halb besänftigt)
Wer ist sie?

Secr. Die junge Ruhberg.

Obercomm. (heftig) Die Tochter vom Rentmeister?

Secr. (mit Bitte) Die nämliche.

A 3

Obercomm.

Obercomm. (nach einigem Beſinnen, kalt)
Das iſt nichts für dich!

Secr. Aber warum —

Obercomm. (ſehr feſt) Das iſt nichts für
dich!

Secr. Warum wollen ſie dieſe herrliche
Parthie verwerfen, ohne mir ihre Gründe zu ſagen? denn —

Obercomm. Meine Gründe? Vor der Hand
ſind es folgende: Es kann nicht ſeyn — es ſoll
nicht ſeyn, ich wills nicht haben. Nach den andern Gründen thue der Herr Sohn in einem
hálben Jahre weitere Nachfrage. Ich rede nicht
gerne vernünftige Dinge in den Wind. (geht heftig umher, und braucht ohne ſein Wiſſen viel Tobak.)

Secr. Ich gehorche willig jedem väterlichen
Befehl —

Obercomm. Verſteht ſich.

Secr. Aber wenn ſie auf Koſten meines
Glückes —

Obercomm. (raſch ſtehen bleibend) Auf Koſten deines Glücks? Schäme dich deß gegen deinen Vater, und laß die Romanenſprache weg,
wenn du mit alten Leuten zu thun haſt. — Höre,
Junge, wenn wir beyde von dem Mädchen reden,
welches deine Frau werden ſoll — ſo magſt du ſagen: — die, oder die Larve gefällt mir am beſten.

Wenn

Wenn aber die Larve vorher bey dir gesprochen hat, so muß ich besser als du wissen — welche dich glücklich machen kann. — Die Ruhberg wird meine Schwiegertochter nicht! (will fort.)

Secr. Lieber Vater, ich schwöre ihnen, daß keinem Mädchen die Pflichten der Tochter so heilig sind als ihr. — Warum wollten sie mich zwingen, zu suchen, was ich gefunden habe; die, deren angenehme Sorgfalt ihr Alter verjüngen wird.

Obercomm. Das ist Bestechung. Bleib bey der Stange; laß mich aus dem Spiel. Von Dir ist die Rede. Das Mädchen ist brav. Aber die Konstellation ist nicht günstig.

Secr. Warum das nicht?

Obercomm. Wenn du bleibst, was du bist — bist du nicht viel — du mußt weiter. Da brauchst du Konnexionen, mußt Vermögen erheyrathen, sonst plackst du dich wie ein armer Sünder, und machst keine Karriere. Ich bin von Betrügern zu Grunde gerichtet, habe kein Vermögen, kann dir nichts nachlassen, als ein schuldenfreyes Haus, und einen guten Namen, das weißt du. Ruhbergs sind herunter gekommen. Das Mädchen? Groß erzogen. Die Mutter? Eine Närrinn. Der Bruder? Oben hinaus und nirgendan! Ein saubres Früchtchen; ein Windbeutel; ein Bur-

A 4   sche,

sche, der mit Avanturiers herumschlendert; ein Spieler!

Secr. Aber doch ein guter geschickter Mann, der sich beſſern kann — der —

Obercomm. Der Junge hat ſeiner Mutter weiß gemacht: — das Fräulein — wie heißt denn das fremde Fräulein, das vor ein paar Jahren von Danzig hieher zog? Fräulein von —

Secr. Kanenſtein?

Obercomm. Ganz recht — die wollte ihn heyrathen. Weil nun die Frau von Adel iſt, und der Hochmuthsteufel in ſie gefahren iſt, ſo glaubt ſie es; bringt ihren bürgerlichen guten Mann um Krebit, Haus und Hof, um wieder ſo eine Zwittermariage zuſammen zu bringen. Sie ſind ſchon Stadtgeſpräch. Was kömmt da heraus? Der Bettelſtab! An wen werden ſie ſich wenden? An dich! Das ſind deine Ausſichten.

Secr. Dagegen könnte ich mich ſicher ſtellen. Auch ſind auf den Fall meine Maaßregeln —

Obercomm. (gleichſam zutraulich) Höre nimm Raiſon an; aus der Mariage darf nichts werden. Geh du zu dem Herrn Bergrath und bring dein Geſuch wegen ſeiner Mamſell Tochter an.

Secr. Ich unterdrücke die Sprache der Leidenſchaft gewaltſam, aber halten ſie mich nicht für

so kalt — dieser Wohlzahn gegen mich noch zu
erwähnen. Ich kann nicht. Sie fordern zuviel.
Die Wahl meines Berufs habe ich gegen meine
Neigung, nach ihrem Willen getroffen. Wollen
sie nun für das trockne Einerley meiner Geschäfte, für die herzlose Gesellschaft, darinn ich sie
verrichte, mir einen Ersatz geben — so gewähren
sie mir Louisen. Es ist über meine Kräfte in diesem Fall; auf Kosten des bessern Gefühls, der
Konvenienz zu fröhnen.

Obercomm. So recht, bist auf gutem Wege.
Wenn die Vernunft ihr Recht behaupten will,
vertreibt man sie mit Deklamation.

Secr. Verzeyhen sie meiner Heftigkeit. —
Ach, alles was ich nicht bin, könnte der Verlust
des Mädchens aus mir machen. (ergreift seines Vaters Hand) Ich darf nicht ohne Einwilligung diese
väterliche Hand —

Obercomm. Wozu expostulirst du meine
Einwilligung, wenn du gesonnen bist nach deinem
Kopf zu handeln? — (mit einiger Rührung) Je
nun — der alte Vater muß sich's ja wohl gefallen
lassen. Wenn du unglücklich bist — dann ist's ja
für den früh genug an der Postille die Augen zu
verweihen. (geht fort)

Secr. (sehr rasch) Und ich gab ihr mein
Wort!

Obercomm.

Obercomm. (bleibt oben stehen) Was?

Secr. Meinetwegen hat sie Aussichten entsagt, Parthien abgewiesen. Ich gab ihr mein Wort als ein ehrlicher Mann.

Obercomm. (etwas näher kommend) Ist das wahr?

Secr. O Gott! mit den heiligsten Schwüren, die —

Obercomm. Hast du mit kalter Ueberlegung dein Wort gegeben ihr Mann zu werden?

Secr. Allerdings.

Obercomm. Hm, hm, das ist etwas anders. (herunter kommend) so mußt du sie heyrathen.

Secr. O lassen Sie den Ausbruch —

Obercomm. — Ob mir es gleich durch alle Glieder fährt, — daß es so seyn muß.

Secr. Wie soll ich ihnen danken? Worte vermögen nicht das Uebermaaß meines Gefühls auszudrücken. Können sie nicht in meinem Herzen lesen, so —

Obercomm. Ja, ja. Gott gebe Glück und Segen! — Glück und Segen! — Aber ich wollte — Nu, nu — es wird ja schon werden.

Secr. O wie oft mein Vater — wie oft werden sie noch den Augenblick dieser Einwilligung segnen.

Obercomm.

Obercomm. Ich glaubs — ich glaubs. Aber nimm mir es nicht übel — freuen kann ich mich nicht so recht. Ich hatte so diese und jene Aussichten. Die sind nun — Es ist auch meine Schuld — ich hätte nicht so fest darauf bauen sollen. — Ja es ist bald Zeit — Versäume die Kanzley nicht. Apropos — ich habe ohnehin heute Kassen-Abnahme bey dem alten Herrn Ruhberg, dann will ich von der Sache reden. Ich werde dir spät nachkommen — ich werfe mich ein wenig wieder auf das Bett, — denn die neue Mariage ist mir in alle Glieder gefahren. (ab.)

Dritter Auftritt.

Secretair allein.

Fürwahr, das ist früher gewonnen, als ich dachte! Ah — das ist undankbar, kenne ich nicht meinen Vater! — Glück und Liebe, seyd mir bey Ruhbergs günstig, so lebe ich heut den schönsten Tag meines Lebens. (ab.)

Vierter Auftritt.

(Ein bürgerliches Zimmer im Ruhbergischen Hause, Mittelthüre, und zwo Seitenthüren. Im Hintergrunde die Ueberbleibsel eines eingenommenen Frühstückes.

Ruhberg Vater; hernach Christian.

Ruhb. V.

Rubb. V. (hat etlichemal geschellt, hierauf kömmt endlich Christian) Christian, ihr vernachläßiget euren Dienst.

Christian. Ich bitte um Verzeihung. Madam hatte mich verschickt.

Rubb. V. Ist mein Sohn zu Hause?

Christian. Noch nicht.

Rubb. V. — Sage er dem Schreiber, wenn die Papiere in Ordnung wären, solle er mir sie schicken.

Christian. Sehr wohl.

Rubb. V. Meine Tochter rufe er zu mir herunter.

Christian. Sogleich.

Rubb. V. Dem Koch und dem übrigen Gesinde bedeute er, daß sie zu Hause bleiben.

Christian. Wie sie befehlen. (ab.)

Fünfter Auftritt.

Rubberg Vater, allein; hernach Christian.

Es scheint mir alles im Hause so verstört. Hm! — wahr — Es scheint wohl nur so. — Mir — weil ich es bin. Freylich ist es ein trauriger Anblick, ein wohlhabendes Haus so allmählig sinken zu sehen. Meine Schuld; warum ließ ich es bis
dahin

dahin kommen. — Warum war ich ein schwacher
Mann, ein weichlicher Vater! Gott sey Dank,
es ist eben noch Zeit dem Gespött zu entgehen —
aber auch die höchste Zeit! Gut dann, heut will
ich handeln. — Nichts soll mich hindern, uner-
schütterlich fest zu bleiben. Nicht die Schwachheit
einer liebenswürdigen Frau — (sanft) — nicht
meine eigne Schwachheit für diese liebenswürdige
Frau. (Christian bringt die Papiere) Geht nur. —
So — da liegt meine Rechtfertigung. Freylich auch
eben so sehr meine Anklage.

Sechster Auftritt.

Ruhberg Vater. Christian. Secretair Ahlden.

Christian. Der Herr Secretair Ahlden —
befehlen sie? —

Ruhb. V. Ohne Verzug.

Christian ab.

Secretair. Nicht wahr, das heißt überfallen?
Verzeihen sie mir diesen frühen Morgenbesuch.

Ruhb. V. Wollen sie gefälligst Platz nehmen? — Kann ich ihnen in etwas dienen?

Secr. Ich bin verlegen — sehr verlegen, um
das, was ich anzubringen habe.

Ruhb. V. Wie so, lieber Freund —

Secret.

Secr. Dieſer gütige Ton ſagt mir, ſie werden mich nicht verwerfen.

Rubb. V. — Sie ſcheinen unruhig? — Sie
werden es wirklich immer mehr! Sie machen mich
gleichfalls unruhig.

Secr. Ja, das bin ich. — Ich weiß nicht,
wie ich mein Geſuch einkleiden ſoll. Mit vollem
Herzen komme ich — und finde keine Worte. Ihre
Güte macht mir Zutrauen — meine Furcht aber
räth mir, nur den Augenblick für glücklich zu halten, wo es ihnen noch verborgen iſt, wie unglücklich ſie mich machen können. — Ich will alle meine Wünſche in einem Worte ausſprechen: —
Louiſe!

Rubb. V. Meine Tochter —

Secr. Wollen ſie mein Vater ſeyn — bin
ich ihr Sohn?

Rubb. V. (umarmt ihn.)

Secr. (mit Enthuſiasmus) Ja? ja?

Rubb. V. Junger Mann — Sie überraſchen
mich — das bedarf Ueberlegung — Ich bin nicht
dagegen —

Secr. O wie glücklich! wie —

Rubb. V. Nur — nicht als glaubte ich, daß
das ihre Wünſche ändern würde, aber es iſt mei-

ne

ze Pflicht sie davon zu benachrichtigen. — Nur
muß ich ihrer Verschwiegenheit anvertrauen —
mein Haus ist nicht mehr, was es war. Meine
Tochter ist ohne Mitgabe. (Secretair Ahlden
umarmt ihn und geht ab.)

Siebenter Auftritt.

Ruhberg Vater. Louise, welche Ruhberg noch
gehen sieht.

Ruhb. V. Ey, ey! — rufen lassen muß ich
dich. Warum haben wir einander nicht beym
Frühstück gesehen?

Louise. Einige häusliche Geschäfte, die ich
gerne genau besorgt wissen wollte —

Ruhb. V. Der junge Ahlden hat mich be-
sucht, wie du sahest — die Ursach dieses Besuchs
warest du.

Louise. Ich?

Ruhb. V. Er hat um dich angehalten. —
Was sagst du dazu?

Louise. — Was halten sie von ihm?

Ruhb. V. Viel Gutes.

Louise. Ja? — in der That?

Ruhb. V.

Ruhb. V. Ohne Frage. Es ist ein lebhafter thätiger Mann. Ein Mann von seinem Geschmack — von äußerst guten Ruf.

Louise. Wenn sie dieß alles von ihm glauben, beßter Vater — warum sollte ich ihnen verhehlen — daß ich ihn herzlich liebe.

Ruhb. V. Ich billige diese Neigung.

Louise. Liebster gütiger Vater, sie haben immer dar Glück ihrer Kinder gemacht.

Ruhb. V. Machen wollen, mein Kind, machen wollen. Nun — ich billige diese Neigung — und wäre fast geneigt, auch diese Verbindung zu bestättigen. Nur habe ich einige Bedenklichkeit —

Louise. Sie hätten noch Bedenklichkeit? Nachdem, was sie alles zu seinem Lobe vorhin sagten, — doch noch Bedenklichkeit? —

Ruhb. V. Bedenklichkeit — nicht Abneigung.

Louise. Sie machen mich äußerst aufmerksam, ob —

Ruhb. V. So wünsche ich dich. Sag mir meine Tochter, — kennt ihr euch auch recht?

Louise. Wenn ich in der ganzen Zeit unsres Umganges, auch nur etwas bemerkt hätte, woraus ich künftiges Mißvergnügen ahnden dürfte —

Ruhb. V. Ich frage nicht ob ihr euch gefallt, sondern ob ihr euch kennt. Die Rede kann bey
mir

mir nicht von den gewöhnlichen guten Ehen seyn
— wo man die Jugendjahre mit Vergnügen zu-
bringt, in der Folge aber — sich erträgt. Glaubt
ihr — bis zulezt, zu eurer Glückseligkeit euch genug seyn zu können?

Louise. Kann etwas über den Punct, sie
mehr beruhigen — als die Erziehung welche sie
mir gaben. Sie lehrten mich früh die Gefallsucht
verachten —

Rubb. V. Das ist einige Sicherheit.

Louise. Sie erhielten mir reges Gefühl —
und bewahrten mich vor der Empfindelei. Ich
schätze meinen Karl so sehr als ich ihn liebe.

Rubb. V. Das ist gut.

Louise. Schwächen? Wird der Freund der
Freundin verzeihen — die Freundin wird den Launen des Freundes begegnen.

Rubb. V. — Vergiß das nie. Die Laune
des Mädchens lieben alle Männer; die Launen
der Frau scheinen manchen nicht so reizend. Geschäfte und Sorgen des Mannes verweigern euren
Launen oft Pflege und Aufnahme. Ich kenne den
Verdacht von Kälte, den stillen Gram über unglückliche Ehe, der bey euch die Folge jener üblen
Nothwendigkeit wird. Du bist lebhaft, der junge Mann ist über die tändelnden Jahre hinaus,
ich fürchte für dich.

B

Louise.

Louise. Ihre Lehren sollen mich warnen, mein Vater.

Ruhb. V. Verliebter Verdruß in der Bewerbungszeit, ist eine Grazie; der Unwille der Frau — merke dir es liebe Tochter — ist für den Mann, das Skelet dieser Grazie.

Achter Auftritt.

Madam Ruhberg, Vorige.

Ah — deine Mutter! — Wir sprechen darüber noch. Laß uns allein meine Tochter.

(Louise geht ab)

Ruhb. V. Lassen sie sichs nicht befremden — Ich habe ihnen etwas zu sagen.

Mad. Ruhb. Sie sind doch wohl —

Ruhb. V. Völlig.

Mad. Ruhb. Sie scheinen seit einigen Tagen so unruhig — so schwermüthig —

Ruhb. V. Das ich nicht wüste.

Mad. Ruhb. Doch haben sie mir damit viele Sorge gemacht; sie sind zeither so ernst.

Ruhb. V. (nach einer Pause und einigen Auf- und Abgehen) Ich kann ihnen nicht genug sagen, wie angenehm und feyerlich mir der heutige Tag ist —

Mad.

Mad. Rubb. Der heutige — wie so?

Rubb. V. Heut sind es 25. Jahre, als wie uns verheyratheten.

Mad. Rubb. Ach es ist wahr —

Rubb. V. Ich hatte eine so angenehme Morgenstunde; und den schönen Morgen konnte ich nicht vorüber gehen lassen — ohne ihnen für alle die Glückseligkeit zu danken, welche sie, in diesen 25 Jahren mir gewährten.

Mad. Rubb. Sie rühren mich — und beschämen mich.

Rubb. V. Da nun die entscheidende Jahre unsrer Kinder da sind, so lassen sie uns zu ihrem Glück Maasregeln unseres Verhaltens festsetzen. — Wenn vielleicht einige bisher nicht die rechten gewesen wären; so —

Mad. Rubb. — Das weiß ich, inniger kann keine Frau ihren Mann, keine Mutter ihre Kinder lieben. Sorge, Liebe, Bekümmerniß um sie, leitete immer meine Handlungen. — Gleichwohl trübte die Verschiedenheit unsrer Grundsätze manche Stunde. Aber sie können sie meinem Herzen nicht anrechnen.

Rubb. V. Nichts davon — wir haben wechselseitiges Unrecht gut zu machen. Nun bitte ich um ihre ganze Aufmerksamkeit für das was ich ihnen zu sagen habe.

Mad.

Mad. Ruhb. Sie spannen meine ganze Erwartung.

Ruhb. V. Ich habe ihnen heut eine wichtige
Rechenschaft abzulegen.

Mad. Ruhb. Mir?

Ruhb. V. Wenn das geschehen ist — so
wollen wir einen Entschluß fassen, der anerkann-
ter Pflicht gemäß ist. — Sie haben bey unserer
Verheyrathung mir ein ansehnliches Vermögen
zugebracht.

Mad. Ruhb. Ach!

Ruhb. V. So wie ich sahe, daß der Hang
zum großen Leben bey ihnen sich nicht verlor, so
habe ich dieß Vermögen genau nur für ihre Be-
dürfnisse und Plane verwendet. — Sie haben bis
jetzt ihrer Geburt gemäß gelebt. — So lange ich
ihnen dabey sparen konnte — that ich es redlich —
aber es war vergebens. Ich habe die pünktlichste
Rechnung über ihr Vermögen geführt? — Liebe Frau
dieß Vermögen? es ist ganz dahin!

Mad. Ruhb. Dahin? Leider — ich habe
es vermuthet, das Unglück! —

Ruhb. V. Hier (er giebt ihr die Rechnungen)
ist die Rechtfertigung meiner Verwaltung. Die
Belege wird man ihnen diesen Nachmittag übergeben.

Mad.

Mad. Ruhb. (Pause) Sie kränken mich empfindlich! — Mir Rechnung abzulegen? Sie mir? (edel) Wenn ich unglücklich bin, verdiene ich auch noch Spott?

Ruhb. V. Sie verkennen mich. Beweisen mußte ich ihnen, daß ich ihr Herz suchte, nicht ihr Vermögen, nicht die Pracht ihres Ranges; daß in meinem Nuzen nichts davon verwendet worden, selbst nicht einmal für die anständige Erziehung meiner Kinder. — Nun bleibt uns nichts, meine Liebe, als mein Gehalt. Sie sehen, es ist unmöglich ferner ein Haus zu machen. Die nötigen Einschränkungen, sehen sie selbst. — Es wird sie nicht kränken, wenn ich ihnen sage, daß sie von meiner Seite gemacht sind.

Mad. Ruhb. Schon gemacht? Schon? — Freylich wohl — es muß seyn! — Aber es ist hart.

Ruhb. V. Sie werden an ihrer Seite das nöthige veranstalten. Ich weiß, ich werde nie mehr Ursache haben, sie zu schätzen, als über ihre Entschließungen in dieser Lage. Ich bin gewiß, sie vertauschen die glänzenden Spielgesellschaften mit einem stillen häußlichen Zirkel.

Mad. Ruhb. Auch — alles! Es muß ja seyn, meinem freyen Willen bleibt dabey kein Verdienst.

Ruhb. V.

Ruhb. V. Nur wenige kehren von Irrthümern mit guter Art zurück! und von der Art ihrer Rückkehr, hängt meine Ruhe mein Leben ab. — Was Louisen betrift — so hat sich eine anständige Parthie gefunden. Der junge Ahlden. — Was sagen sie dazu?

Mad. Ruhb. Hm —

Ruhb. V. Wie?

Mad. R. Es ist eine kleine — bürgerliche Parthie.

Ruhb. V. Sie sind also nicht dafür?

Mad. R. Stand, Erziehung, und unsere Verbindungen, berechtigen Louisen auf ein glänzendes Glück noch Rechnung zu machen.

Ruhb. V. (Ausdruck einiges Unwillens)

Mad. Ruhb. Geschweige, daß ein solches Wegwerfen — schlechterdings den Aussichten ihres Bruders im Wege wäre.

Ruhb. V. Ihr Bruder muß thörigten Träumen entsagen, ein bürgerliches stilles Leben anfangen, und nach unsern jetzigen Glücksumständen sich genau richten. Entweder fordert er heut von dem Fräulein Erklärung, oder er hört auf dieses Haus zu besuchen, und mit der Chimäre der projectirten Heyrath sein Glück zu verscherzen.

Mad.

Mad. Ruhb. Wie? Im Begriff das glän-
zendste Glück zu machen — soll er ihm entsagen?
Wollen sie mich öffentlich dem Hohngelächter aussetzen — Die Närrinn! Sie hat ihre Plane
nicht ausführen können, nun muß sie doch zu uns
herunter. — So würde es heissen. Selbst die
Summen, welche verwendet worden sind, erfor-
dern, daß wir diesen Plan durchsetzen. — Ich
willige in alles — gehe jede Einschränkung ein.
Ich versage mir alles — alles! — Nur bis Morgen lassen sie mich gewähren. Ist dann nicht zu
ihrer Zufriedenheit gehandelt? So unterwerfe ich
mich gerne ihren Anordnungen.

Ruhb. V. Es sey so. Aber nicht länger,
denn —

Mad. R. O wenn dieß nicht noch gewonnen
würde, so wäre alles verloren, und ich müßte
verzweifeln.

Ruhb. V. Wir werden dieß verlieren.

Mad. Ruhb. Mein Gott! —

Ruhb. V. Und es wird mir lieb seyn, daß
es verloren ist.

Mad. Ruhb. Lieb? Wenn ihr Sohn ein
Glück verliert — das —

Ruhb. V. Ich werde Gott mit Vaterfreude
danken, daß ein guter fähiger Jüngling aus der

B 4

Ge-

Gesellschaft spielender Müßiggänger, in das Leben des thätigen Bürgers zurückgeführt wird, wozu er bestimmt war.

Mad. Rubb. Sie sind blind gegen die Verdienste dieser Leute eingenommen — Sie —

Rubb. V. Verdienste? — Es sind Spieler von Profeßion.

Mad. Rubb. Aber das Fräulein —

Rubb. V. Kam mit Reichthümern von Danzig hieher; und wenn sie — Lassen sie uns abbrechen —

Mad. Rubb. Aber —

Rubb. V. Ich bitte — ich fühle, daß ich nicht gelassen bleiben würde.

Mad. Rubb. Sie wollen sich nicht überzeugen, daß eben diese Leute das Glück ihres Lieblings machen werden, daß das Fräulein —

Rubb. V. Sich die Anbetung eines schönen, bedeutenden jungen Mannes gefallen läßt, ihm verstattet die Gesellschaft angenehm zu unterhalten — und ihn nun, nachdem er für diese Gnade sein Haus ruinirt hat, trocken, fad, — bürgerlich finden, — und fortschicken wird.

Mad. R. Wie hart beurtheilen sie Leute, welche mit der feinsten Welt —

Rubb.

Ruhb. V. Weniger Welt und mehr Ehr-
lichkeit wäre besser!

Mad. Ruhb. Sie werden bitter.

Ruhb. V. Madam — ich habe diese feinen
Leute, diese Leute von Welt kennen lernen. Ich
sahe kalt — während sie im Rausche der großen
Welt fortwallten. Ich sah — und zittre für meinen Sohn.

Mad. Ruhb. Sein Herz bürgt mir für alles.

Ruhb. V. Mir für nichts! Er ist in einer
Gesellschaft von Menschen — die, freundliches
Gesicht für Jedermann, redliches Herz für Niemand haben. Sie werden ihn lehren, die letzte
widerstrebende Faser guten Herzens, durch argli-
stige Intrigue verschleifen. In dem Gräuel von
Kabalen, schwarzer Verläumdung, falscher Devo-
tion, Spiel und Wohlleben werden sie ihn, einfach häusliche Freuden, die Bande der Verwandschaft, die heilige Treue von Sohn gegen Vater,
von Mutter gegen Tochter, als Ueberbleibsel deutscher Pedanterie verachten lehren. —
Verzeihen sie — ich wollte nicht heftig seyn —
Aber diese Menschen machen mir Galle.

Mad. Ruhb. (weint)

Ruhb. V. Sagen sie Eduard, daß er heute
auf einer bestimmten Erklärung des Fräuleins be-
harre. Ist es denn — nun so will ich mich in

B 5   Das

das Glück zu finden suchen. Ist es nicht? — so
bin ich der glücklichste Vater.

Mad. Ruhb. Verlassen sie sich darauf — es
wird alles gut gehen.

Ruhb. V. Nun — daß wir unsere gute Louise nicht vergessen.

Mad. Ruhb. O gewiß nicht — das gute
liebe Mädchen — Sie sind es doch überzeugt, wie
sehr sie mir am Herzen liegt.

Ruhb. V. Sie sind eine gute Mutter — aber
ich war ein schwacher Mann. Kein Vorwurf
trift sie. — Und so mögen wichtige Veränderun-
gen den Tag bezeichnen; er sey deswegen nicht trübe. Ausführung beßrer Ueberzeugung muß Hei-
terkeit geben. Also lassen sie uns aus dieser feyerlichen Stimmung in ruhiges Gespräch übergehen.
Wir wollen nicht allein seyn. Ich feyerte heut so
gerne einen fröhlichen Abend. Der alte Ahlden
hat ohnehin Kassen-Abnahme bey mir. — Louise
liebt ernstlich; was meynen sie? warum wollten
wir ihr Glück verzögern?

Mad. Ruhb. Aber warum auch die beyden
wichtigsten Familienbegebenheiten so übereilen?

Ruhb. V. Warum etwas verschieben, das
nach aller Prüfung gut ist.

Mad.

Mad. R. Haben sie es auch überlegt, daß diese Heyrath mit einem alten rauhen stolzen Mann uns in Verwandschaft bringt, mit einem Mann, womit Niemand auskömmt!

Ruhb. V. Wenn unsere Tochter nur glücklich wird. Lassen wir dem alten Mann seine Sitte — gehen ihm aus dem Wege — oder begegnen ihm — so gut wir können. — Nun?

Mad. Ruhb. Da Louise ihn liebt — er ist ein braver junger Mann — ja denn! Gott seegne ihren Willen.

Ruhb. V. Ich freue mich ihrer Einwilligung. Ich hoffe, wir sind der Glückseligkeit sehr nahe, welche sie so lange vergeblich suchten. Reden sie ernstlich mit Eduard. Mißtrauen sie ihrem Hang nach Größe; handeln sie als Mutter. — Trauen sie meiner Prophezeyhung; Louisens stille bürgerliche Haushaltung, wird es seyn, wo sie Freuden des einfachen Lebens kennen lernen werden — welche die große Welt nicht gewähren kann (ab)

Neunter Auftritt.

Madame Ruhberg allein.

Allem entsagen! — unglücklich — gedemüthigt seyn, und eine innere Stimme, die laut
uns

uns zuruft: · „ Wir haben es verschuldet! „ —
Das ist hart, — sehr hart! Unglückliche
Mutter — unglücklich — um ihre Kinder glück-
lich zu machen! (ab)

Ende des ersten Aufzugs.

———

Zwey=

Zweyter Aufzug.

Erster Auftritt.

Christian allein.

Aufräumen? (er geht nach einer Kammmerthür
zu) Räume auch einer auf, wo nichts ist! (Er
zieht eine Schublade unter dem Schreibtisch auf)
Alles weg! alles versetzt und verkauft ! Wenn
mein alter Herr das wüßte ! — zu Hause Elend
auf Elend — um bey dem Fräulein den großen
Herrn zu spielen.

Zweyter Auftritt.

Voriger, Salomon.

Salomon. Guten Morgen, Herr Christian.

Christian. Deinen Ausgang wolle Gott —

Salomon. (nach einigen Umhersehen, und suchen, einer kleinen Pause) Es ist recht kühlig haint
morge.

Christ. Ja.

Salomon. Der junge Herr nit zu Hauß.

Christian. Und wenn ers wäre ? Für dich,
so gut als wenn ers nicht wäre.

Salo=

Salomon. Gottes Wunder! was der daher macht — Der junge Herr ist á Freund zu mir, a rechter Freund. Erst neulich hab ich ihn gekleidet — weiß in Gold — uh proper. Ich halt Stück af ihn. Geht der junge Herr nit proper? Uh! wár á Schand, als es hieß er hat zu thun mit Schloome und iß nit proper! Apropos — ist der Dalles noch Großhafmester bee ach.

Christian. Pack dich fort. Wirst heut doch nicht bezahlt. Ist nichts da.

Salomon. Was ist deß? Ich hab á Wächßel, iß doch jo haint fällig. Als er nit kann zahle? Er muß schaffe á Burge.

Christian. Schrey nicht Kerl, du fliegst die Treppe hinunter.

Salomon. Gottes Wunder, der Herr Christian!

Christian. Ja Kerl, wie du mich da siehst, breche ich dir Arm und Bein entzwey, du Dieb!

Salomon. Auh wei! Ich bezahle mein Schutzgeld! Macht euch nit Ungelegenheit.

Christian. Wer hat dich gerufen Saudieb, als du dem armen Herrn die Kleider aufgehangen hast? He? Weiß ichs etwa nicht, daß du bey Blumenbergs erzählt, wie viel du ihn geschächt hast.

Salo=

Salomon. Was kömmt euch der Brustlappe zu stehen.

Christian. Du Greuel!

Salomon. Tausig! Iß mit Mokat gefüttert. Na hör er — des Lob geb ich ihm — er weeß sich zu klade! — Seyn Herr ach. Es iß á Herr, wie a Kaflir. — Mein — wie stehts um die Braut?

Christian. Gut.

Salomon. Er hat noch zu bekemme das Jawort? — Ich bin von saine Freund — Ich will ihm sage ins gehaim. Als nit bald wird Herr Baron? Er wird gesperrt i◼einen Thurm von de Schuldleut.

Christian. (macht Mine ihn hinaus zu werfen) Gehörst du auch zu den Freunden?

Salomon. (reißt die Weste auf) Mein Blut lasse ich für ihn — stech her in mein Herz — aber sie kreusche mortialisch — sie wolle klage.

Christian. Pack dich fort, ehe der alte Herr dich sieht. Wenn mein Herr Geld bekömmt, will ich rufen.

Salomon. Jo? Ich schätz ich werd komme, eh du mich rufst. (ab)

Christian. So dauert es den ganzen Morgen, wo will das hinaus!

Dritter

Dritter Auftritt.

Voriger, ein Ladendiener.

Ladendiener. Guten Morgen! Sein Herr nicht zu Hause?

Christian. Nein, mein Herr.

Ladend. Hier ist der Konto aus der Reich-mannischen Handlung. Wir werden den reichen Stoff nicht liefern, bis die Rechnung bezahlt ist. Sage er das seinem Herrn nur gerade zu. (ab)

Christian. Nun da liegt No. 33. — Das Ding geht nimmer gut. Der alte Herr mag auch was gemerkt haben.

Vierter Auftritt.

Henriette, Voriger.

Henriette. Madam läßt fragen, ob der junge Herr noch nicht zurück sey?

Christian. Sie sieht ja trübe aus — was fehlt ihr?

Henriette. Ach — aufgesagt hat mir Madam.

Christian. Wie —

Henriette. Ja mir und dem Guarderobe-mädchen. Ich weiß nicht was vorgeht, aber der

Herr

Herr hat auch die Pferde verkauft, den Kutscher abgeschaft, die beyden Bedienten und den Koch.

Christian. Was sie sagt?

Henriette. Ach eine Herrschaft kriege ich wohl, aber so eine nicht wieder. Die Madam weinte. Der Herr hatte rothe Augen. — Sag er mir nur was vorgeht. (man hört zweimal innerhalb klingeln) Ich will wiederkommen. Nicht wahr, er weiß es? (ab)

Christ. Ich traue dem Handel nicht. Wenn das Ding losbricht — Er ist heftig — Kommt ihm der Rappel einmal — ist im Stande und schießt sich vor dem Kopf. Ja, ja, ich fordere meinen Abschied. Gehe es dann wie es Gottes Wille ist — ich bin doch nicht dabey — Nun wer kommt denn da? — wird wieder einer seyn der nichts bringt! — Nun der lärmt ja verdammt. — Ich glaube — wahrhaftig, das ist er selbst.

Fünfter Auftritt.

Voriger, Ruhberg der Sohn.

(reich und mit Geschmack gekleidet, aber so viel mög- lich mit allen Zeichen durchwachter Nacht. Tritt unmuthig herein, und wirft sich in einen Sessel)

Nur einen Augenblick allein — daß ich zu Athem komme — daß ich nachdenke, wie ich dem

C

dro-

drohenden Ungewitter entrinne — Was mache ich? — Was bin ich? Wo soll das hinaus? — (auffpringend) Pah? Reflexion reißt mich nicht heraus. Meine Ehre ist verpfändet. Christian!

Christian. Was befehlen sie.

Rubb. S. (ohne auf ihn gehört zu haben) Alles fort — Alles! O meine Mutter — meine gute Mutter — und wenn ich an dich denke Vater! Während du einem kümmerlichen Alter entgegen siehest, und schlaflose Nächte durchweinst, bramarbafirt dein Sohn in Spielgefellschaften, wird verlacht! — Verlacht? — verlacht? Nein beym Teufel das soll er nicht werden! — Muth und Fassung! — Noch ist keine Aussicht verschlossen. Christian!

Christian. Was befehlen sie?

Rubb. S. Zu Aaron Moses. Er soll hinkommen, mich beym Fräulein herausrufen lassen. Er soll Geld mitbringen. Indeß die beyden Uhren zu Salomon — zwanzig Louisd'or. — gleich — den Augenblick lauf! was stehst du?

Christian. (mit befcheidener Bedenklichkeit) O mein Herr —

Rubb. S. (wild) Eile Kerl, ich muß gleich wieder fort. Doch — höre — Komm her!

Christian. Mein Herr!

Rubb.

Ruhb. S. Hat mein Vater nach mir gefragt?

Christian. Ja mein Herr.

Ruhb. S. Um welche Zeit?

Christian. Halb fünf Uhr, und dann um sieben Uhr noch einmal — die Frau Mutter aber seit
sieben Uhr fast alle Viertelstunde.

Ruhb. S. (geht nachdenkend auf und nieder)

Christian. (nach einer kleinen Pause) Befehlen sie noch etwas?

Ruhb. S. (fast weich) Nein. Geh nur.
(Christ. ab)

Sechster Auftritt.

Ruhberg Sohn, allein.

Viel Unglück — viel Unglück! und wenn die
nächste Stunde nicht glücklich ist? Die Unmög-
lichkeit morgen der zu scheinen, der ich jetzt, —
auch nur scheine. — Das rasende va Banque —
meine Ehre verpfändet, und keine Aussicht sie
retten zu können — ganz und gar keine! —
Muth! Muth! Mein Unglück ist nur Unglück,
wenn ich den Muth verliere. Pfui! Ich verdiene kein Glück, da das Unglück mich zum unmänn-
lichen Kläger, zum ängstlichen Zweifler gemacht.

Zu

Zu dem — wenn es zu enge wird, in der dichten Umzäunung, worinn engbrüftige Convenienz-Menschen ihr Leben wegkränkeln — wer zum wachsen und gedeihen, das weite große Feld braucht — der ist ein Dummkopf, wenn sein Plan nicht Schwierigkeiten umfaßt, ein zaghafter Knabe, wenn er davor steht und sie anstaunt. Zu viel Vorsicht ist weibische Furcht — und somit weiter — dem glänzenden Ziele zu, wo ich alle glücklich machen kann — Vater und Mutter — Vater und Mutter und Schwester.

Siebenter Auftritt.

Voriger, Louise. In der Folge Christian.

Louise. Guten Morgen, Eduard.

Rubb. S. Guten Morgen, meine Liebe.

Louise. Du bist wieder diese Nacht nicht zu Hause gekommen?

Rubb. S. (leichthin) Sehr gegen meinen Vorsatz. In der That.

Louise. (gütig) Du bist ein arger Schwärmer.

Rubb. S. Angenehme Gesellschaft, ein interessantes Gespräch, und dazu das Nachtaufbleiben meine Schoossünde — da thut man denn manch-

manchmal, was man den andern Tag bey sich selbst nicht verantworten kann.

Louise. Aber, du mußt mir meine Besorglichkeit verzeihen — du hast doch nicht Verdruß gehabt?

Rubb. S. Keinen, auf der Welt keinen.

Louise. Gewiß?

Rubb. S. Gewiß! — wie kömmst du auf die Frage?

Louise. Lieber Eduard — wie eine Schwester, die ihren Bruder herzlich liebt, auf die Frage kömmt, wenn sie alle seine Züge entstellt findet — alle.

Rubb. S. Gewöhnliche Folge der Nachtwache — Nichts sonst! Gewiß, du kannst mir glauben.

Louise. Ich sehe — ich werde dir lästig. Es war eine Zeit, wo es nicht so war. Ich kann deinem Schicksal nur eine stille Thräne weinen, und es betrübt mich daß ich nicht mehr kann. Aber schone doch der väterlichen Sorgen, der mütterlichen Angst.

Rubb. S. (etwas getroffen) Louise!

Louise. Denk wie sie die Nächte mit Schrecken auffahren, um dich und dein Schicksal weinen, während du in der großen Welt, ohne

Freund,

Freund, ohne Rath umherirrſt! Dein Herz, — unſern Stolz, hat die große Welt uns geraubt; wenn ſie gar dich noch mit falſcher Hofnung tröge?

Ruhb. S. Unmöglich, ich weiß —

Louiſe. Kann der Unterſchied des Standes, dir jemals eine Verbindung mit der Kanenſtein gewähren —

Ruhb. S. Sie liebt mich. Davon bin ich überzeugt.

Louiſe. Ueberzeugt?

Ruhb. S. Ueberzeugt — durch — tauſend Kleinigkeiten — die — redender noch ſind als deut-liche Worte ſelbſt.

Louiſe. Man ſagt laut — ſie würde den Herrn von Dammdorf heyrathen. Indeß — das müßte dir zuerſt aufgefallen ſeyn, wenn es wäre.

Ruhb. S. Schweſter du kränkſt mich, wenn du an der Erhabenheit ihrer Denkungsart zweifeln kannſt. Zudem habe ich Beweiſe ihrer Zärtlichkeit erhalten. Sie iſt das edelſte Geſchöpf — und nur eine Bulerinn kann mit der Hofnung eines Man-nes ſpielen. Alſo kränke nicht ein Herz, das ich zu ſchätzen Urſach habe.

Louiſe. In dem glänzenden Getümmel, wor-innen dieſe Leute aufgezogen werden — dieſer im-merwährenden Nahrung ihrer Eitelkeit — dieſer

fort-

fortdauernden Zerstreuung — wie wollten sie die Eindrücke einer uneigennützigen Liebe ausdauernd haben? Wie könnte ihre Liebe und Entsagung bestehen — und kann dich die Ranenstein ohne große Entsagung jemals besitzen?

Ruhb. S. Das alles wird sich nächstens entscheiden.

Louise. Nächstens? nächstens sagst du? bald! — jetzt! denn — unsre Kräfte können deinen Aufwand nicht mehr tragen.

Ruhb. S. Wahr — wahr! —

Louise. Hättest du gestern deine Mutter, mit dem Ausdruck des innigsten Schmerzens an dein Zimmer gehen, und ahndungsvoll von der verschloßnen Thür zurückkommen sehen — hättest du bis Mitternacht sie fragen hören: „ Ist Eduard noch nicht da? „ — es stünde anders um uns — oder dein Herz verschlösse sich dem Guten.

Ruhb. S. Du bist ein liebes, gutes Mädchen. Eine edle Schwester. Denkst du, ich ringe nach Glück allein für mich? O nicht für mich, um euch, um dich — die ein glückliches Schicksal wieder zu verschaffen.

Louise. Lieber Bruder — ich habe gewählt, und werde Sorge tragen, daß mein Herz deinen Stand nie entehre, — Aber werden wir ruhigen

C 4 Bür-

Bürger zu dir passen — — dein Glanz wird unsere herzliche Anhänglichkeit verschmähen. Wie oft wird deine gute Schwester, an deiner Thüre abgewiesen werden, weil ihre ungeschmückte Erscheinung, das Gespött der glänzenden Assemblee werden mußte. Doch — eignen Verlust wollte ich tragen — wenn du nur glücklich wärest. Aber du würdest es nicht seyn. Ich kenne dich. Du hast alles empfangen, um unter den Menschen für sie zu handeln. Im Genuß der glänzenden Schwelgerey, dir selbst zur Last, wird endlich die Urheberinn deines Glücks, deinen Ueberdruß entgelten.

Ruhb. S. Du denkst ohne Noth das Schreklichste.

Louise. Du bist unglücklich, wenn du deinen Zweck erreichst; solltest du ihn nicht erreichen, dann fällst du aus Pracht und Fröhlichkeit in Dürftigkeit und Trübsinn. Aus der großen Welt hinausgewiesen, ist das väterliche Haus verbannet, wo jede Einschränkung dir Vorwurf, alles freudenlos und finster ist. In deinen Planen hintergangen, von einzelnen Menschen betrogen, verderbende Leidenschaft, umgeben von Ehrgeiz und Heftigkeit — Eduard du könntest ein gefährlicher Mensch werden!

Ruhb.

Rubb. S. Treibt mich Ehrgeiz zu Dingen
die euch Sorgen machen können, so wird er mich
für allen hüten, was euch Schande machen könnte.

Louise. Nicht das, was war, macht mir
diese Sorge, aber daß diese Ehrsucht täglich
wächst —

Rubb. S. Du thust mir zu viel.

Louise. Daß sie auf die unbedeutendsten Kleinigkeiten sich erstreckt; daß du alles nur aus dem
Gesichtspunkte siehst; daß ich zu gut weiß, daß
der Ehrgeizige, eine Ehre mit dem Verlust der
andern — die Ehre worauf er in dem Augenblick
alles setzt, mit Schande sogar erkaufen kann —
Das bekümmert mich wenn ich an die Zukunft
denke.

Rubb. S. Der, von dem du sprichst, ist ein
Niederträchtiger — .

Louise. Verzeih mir — unser Gespräch nahm
zufällig die Wendung. Ich kam um — bin ich
nicht eine Närrinn — so wie du mich da ansiehst,
fürchte ich, dich zu beleidigen, — ich kam — um
dich zu bitten — dieß (sie giebt ihm die beyden Uhren)
nicht wegzugeben.

Rubb. S. Christian, Christian! (Christian
kömmt) (nachdem er die Uhren hingegeben hat, stößt
er ihn fort) Zu Aaron Moses Schurke!

; Louis

Louise. Sey doch nicht so hart, so rauh! — Sieh, wenn du Geld brauchst — es ist freylich wenig — aber ich gebe dir es gern.

Rubb. S. Louise! (wirft sich in einen Sessel)

Louise. Gönne mir doch die Freude deinem Bedürfniß abgeholfen zu haben. Ich konnte dir ja so lange schon keine Freude machen.

Rubb. S. Nein, nein! Ich will nicht. Ich bin nicht werth, ich bin nicht werth — ich bin ein unglücklicher Mensch!

Louise. Du brauchst wohl mehr — freylich dieß ist wenig — Aber ich habe nicht mehr. (weinend) Ach! wenn ich es hätte —

Rubb. S. Gieb her, Louise, gieb her! Ich nahm euch alles — ich will auch das noch nehmen. Bin ich glücklich in der Welt — so habe ich einen Wunsch, eine Laune, die ich nicht schon befriedi, get hätte, ehe sie entstehen, einen Gedanken, dem mein Gedanke nicht zuvorkam. Bin ich unglück: lich? Bin ich es! und das muß sich jetzt entscheiden: — so nehm ich dieß — Es ist dein letztes — nehme es, um dich ganz geplündert zu haben, nehme es, damit der Gedanke an deine herzliche Güte, mir Höllenmarter werde, wo ich gehe und stehe.

Achter

Achter Auftritt.

Vorige, Madame Ruhberg, Baron Ritau.

Ruhb. S. Meine Mutter — Gott —

Louise. (weinend) Vergiß nicht, was ich dir sagte (ab)

Baron. Wie? Sie fliehen schönes Kind?

Ruhb. S. (zerstreut) Lassen wir sie, sie hat ihren Spleen.

Baron. Nun schöne Frau, was für einen Unstern haben wir anzuklagen, daß sie nicht von der Gesellschaft waren? Nie waren die Launen des Glücks hartnäckiger und interessanter, dabey war man von einer Jovialität.

Mad. Ruhb. (gezwungen freundlich) Würklich? ich bedaure, daß ich nicht dabey war.

Baron. Fürwahr wir bedauren es, wir! Ich habe indeß Zug für Zug, das Spiel angegeben, das sie gemacht haben würden, und man ist erstaunt frappirt, entzückt, wie ich mich in ihren Geist zu versetzen wußte.

Mad. Ruhb. Diese allgemeine Munterkeit, (sehr fixirend) konnte dich nicht anstecken, wie es scheint —

Ruhb. S. (verlegen scherzend) O ja — aber die Nachtwache.

Baron.

Baron. Ja, und die Unart der Madam Fortuna —

Mad. Ruhb. (beyseite) O mein Gott!

Baron. — Der mein Freund auch nicht ein Lächeln abzugewinnen vermochte.

Mad. Rnhb. (etwas ausser Fassung) Ja das ist schon so — je mehr man sie sucht, um so mehr flieht sie.

Baron. (der sich ennuirt findet, sieht nach der Uhr) Apropos Madam — es ist noch früh — wir könnten noch vor der Toilette=Zeit, eine ganze interessante Parthie vingt & un haben.

Mad. Ruhb. Sie verzeihen, ich habe noch einen dringenden Brief an meinen Bruder nach Berlin zu schreiben — Ehe du weggehst Eduard, habe ich dir noch etwas zu sagen — (weggehen wollend) Herr Baron auf Wiedersehen.

Baron. Madam, Madam. (Er führt sie mit vieler Attigkeit zurück) Ich will auf keine Art beschwerlich seyn. (zu Eduard leise) Sie vergessen nicht — alles wartet — ihre Ehre!

Ruhb. S. Ich komme gleich.

Baron. (zu Mad. Ruhberg) Diesen Abend hoffe ich, sehen wir uns bey dem Fräulein.

Mad. Ruhb. Ich glaube schwerlich — mein Mann will —

Baron.

Baron. (schnell einfallend) Ah — Verhinde-
rungen von der Seite? (mit einer ironischen Ver-
beugung) Freylich, die mögen handgreiflich und
unüberwindlich seyn. Wenn das so fortgeht —
so wird man die Spieltische mit Crep-Flor über-
ziehen müssen! Indeß, noch hoffe ich — (ab)

Neunter Auftritt.

Madam Ruhberg, Ruhberg Sohn.

Mad. Ruhb. (Pause, beyde in einiger Entfer-
nung, endlich begegnen sich ihre Blicke, gefaßt und
gütig) Mein Sohn — du hast mir eine traurige
Erzählung zu machen — ich lese sie auf deinem
verstörten Gesicht. — Du hast verloren.

Ruhb. S. — Ja.

Mad. Ruhb. — Viel?

Ruhb. S. (ernst) Ziemlich.

Mad. Ruhb. (mit unterdrückter Empfindung)
Also — was noch zu verlieren war! — (Sie geht
einige Schritte, Eduard steht unbeweglich, die Blicke
starr an den Boden geheftet. Sie geht heftiger, weint,
trocknet sich die Augen, da sie wieder in Fassung zu
seyn versucht) Weißt du, daß es mit meinem Vermögen zu Ende gieng?

Ruhb. S. — Ich weiß es.

Mad.

Mad. Ruhb.(Jammer im Ausbruck, die Worte ohne Accent) Ich habe nichts mehr — ich bin ganz arm.

Ruhb. S. (heftig) Gute Mutter — liebe Mutter!.

Mad. Ruhb. (wichtig) Der entscheidende Tag muß heute seyn; dein Vater verlangt es mit Ernst. Er wird selbst kommen, mit dir darüber zu sprechen. O Eduard, wenn dir mein Seegen werth ist: Vergiß nie was dein Vater dir aufgeopfert hat! — gehorch ihm — er scheint dir wol hart — er ist doch nur entschlossen — und ach — die Nothwendigkeit befiehlt es.

Siebenter Auftritt.

Vorige, Christian.

Christ.Ein Bedienter des Fräuleins — Die Gesellschaft wartete, (leise) der Jude will nicht kommen.

Ruhb. S. Schrecklich! — Gleich werde ich kommen (Christian ab) Mit leeren Händen!

Mad. Ruhb. Du wirst wieder hingehen?

Ruhb. S. Ich muß, wegen — ich muß! — heut noch werde ich dem Baron ein Billet an das Fräulein übergeben. Wenn sie Menschen, und die Sprache des Herzens kennt, so ist sie überzeugt,

zeugt, daß mein Herz unter tausenden sie wählen würde — auch wenn sie in Dürftigkeit lebte. Ich habe durch Verlust des Vermögens ihr bewiesen, daß ich jede Aufopferung für nichts achte, wenn ich mir damit erwerbe, um sie zu seyn.

Mad. Rubb. Wohl — und doch — Wie erniedrigt fühle ich mich, daß du dieser Heyrath bedarfst? — (Ahndend) Wenn man dich abwiese?

Rubb. S. Nimmermehr!

Mad. Rubb. (gewisser) Wenn man dich abwiese! Ach Eduard — ich habe den Gedanken noch nie gedacht, daß man meinen Sohn abweisen könnte — als jetzt — seit ich arm bin!

Rubb. S. Hoffen sie alles.

Mad. Rubb. Du mußtest diese Stadt verlassen, und was würde aus deiner Mutter? Die Welt müßte meines Jammers lachen, dein Vater ihn verdammen. Ach, ein Weib ist so hülflos gegen jeden Schmerz — was könnte ich thun, als mir Vorwürfe machen, dir nachweinen und sterben?

Rubb. S. (Im höchsten Enthusiasmus) Gut, gut — ich sey abgewiesen. — Sie sollen nicht unglücklich werden — wahrhaftig nicht! Kindliche Liebe wird meinen Stolz erheben, Dankbarkeit, dringender Wiederersatz, alles wird mir un-
ge-

gewöhnliche Kraft geben. Jetzt handle ich für die Ehre, für die Freuden der Liebe. Dann handle ich für meine Mutter, für meine verspottete Mutter — für meinen getäuschten Vater. Dann habe ich Unrecht gut zu machen, heiße Thränen abzutrocknen. Der Unglückliche kann einen Segen erlangen, den der Glückliche nicht verdient. Was könnte dem mißlingen, den diese heiligen Gefühle begeistern, wer in der Welt dem wiederstehen, vor dem Gottes segnende Verheißung vorausgeht! — Fühlen sie das? — O liebe Mutter, sollte ich nicht wünschen, ich würde abgewiesen? —

Mad. Rußb Eduard, wie liebe ich dich um dieses kindlichen Gefühls willen! — Ach es ist nichts glücklichers in der Natur, als eine Mutter, die stolz auf ihre Kinder seyn kann! — Ja — du hast mir Muth wiedergegeben. Ich will froh seyn. Sey alles verlohren — Ehre bleibt uns unverletzt. Dein Vater wird kommen — ich gehe — ich könnte dieser Unterredung nicht zuhören — — unsere Schuld ist zu groß. (Sie geht und kommt wieder) Ich will gehen, und es wird mir so schwer von dir zu gehen! Ein ungewöhntes Gefühl hält mich zurück. Sollten wir denn auch nicht so glücklich wieder zusammenkommen, so erhalte mir dein Herz, und die Ehre! — Nimm ein Andenken von dieser feyerlichen Stunde — da! — das
Bild

Bild deines Großvaters. Das schätzbarste was ich habe, das Einzige was ich noch geben kann. Im Glück oder Unglück wenn ich nicht mehr bin — denk an deine Mutter, und die Ehre! Denk daran — sie gab dir es in einer Stunde, wo das Glück ihres Hauses, die Vorwürfe ihrer Schwäche, die Angst um dich! — ihr Todeskampf kostete. (ab.)

Ruhb. S. (zugleich ihr nach) Ja das will ich.

Eilfter Auftritt.

Ruhberg Vater, Ruhberg Sohn. In der Folge Christian.

Ruhb. V. Die Unterredung mit deiner Mutter scheint lebhaft gewesen zu seyn?

Ruhb. S. Ja lieber Vater.

Ruhb. V. Du hast geweint — Wären es Thränen der Erkänntniß, Thränen die deine Rückkehr bestimmten — so würde ich dich segnen, schweigen, und den Ausgang ruhig deinem Herzen überlassen.

Ruhb. S. Thun sie es, sie sollen sich nicht getäuscht haben.

Ruhb. V. Aber ich weiß, wo man dich eben jetzt wieder erwartet — und warum — Liebst du das Fräulein von Kanenstein?

D   Ruhb.

Ruhb. S. Ja.

Ruhb. V. Gut. — Es ist zu spät zu unter,
suchen, ob dein Ehrgeiz, ihren Rang, ihr Vermögen — oder deine Liebe ihr Herz bedarf. Ich
übergehe alle Einwendungen, die mich gegen diese
Heyrath einnehmen — Bedenke nur Eines!!

Ruhb. S. Das ist —

Ruhb. V. Ich bin sehr glücklich verheyrathet;
deine Mutter hat mich nie fühlen lassen, daß sie
von Adel ist; — und dir mein Sohn — ist jetzt
dein Vater im Wege, denn er ist ein Bürgerlicher.

Ruhb. S. Glauben sie, daß ich jeder guten
Empfindung entsagt habe? Wollen sie mich so
grausam erniedrigen, daß —

Ruhb. V. Nein. So wenig als Betheurungen erpressen. Verweile einen Augenblick bey
meiner Geschichte, und sieh was dir bevorsteht.
Das Vermögen deiner Mutter, wollte ich ihrer
Willkühr nicht verweigern, um ihr zu beweisen,
daß ich bey unsrer Verbindung darauf nicht sahe.
Deine Anlagen sind fürtreflich, allein sie bedür-
fen der sorgfältigsten Pflege und einer besondern
Leitung. Als Knabe schon waren romantische
Ideen deine liebsten. Von da giengst du zur Em-
pfindeley über, — dir eckelte vor der schaalen Nahrung.
— du

— du wurdeſt fleißig — deine Anlagen hatten ſich
entwickelt — du wurdeſt bedeutend — gelobt —
du fühlteſt dich — dein Ehrgeiz entſtand — ſtieg
— wuchs ungeheuer, und ward durch die ſchwache
Seite deiner Mutter auf einen Punkt gelenkt —
Gott woll es nie von mir fordern, daß ich dich
dahin kommen ließ. Dein Vertrauen neigte ſich
vom Vater weg — hin zu der Mutter welche deine Einfälle befriedigte. Ich liebe deine Mutter,
ich hätte dieß alles nicht ändern können, ohne ihr
das Herz zu zerreiſſen — du ſtehſt jetzt auf einen
Punkt, wofür ich zittre — heut — nachdem ich
25. Jahre glücklich mit einer fürtreflichen Frau
gelebt habe — muß ich deinetwegen wünſchen: —
ich hätte ſie nie geſehen.

Ruhb. S. Lieber Vater, ſie ſchaffen ſich
ſchreckliche Folgen einer ſo glücklichen Heyrath.
Warum denken ſie mich nicht glücklich unter Leuten, die ſich meines Glücks annehmen? Zwar ſie
lieben den Adel nicht — ſie ſind überhaupt gegen
eine Verbindung verſchiedener Stände eingenommen —

Ruhb. V. Ich ſchätze den Adel aus wichtigen Gründen. Auch möchte ich nicht zu den Elenden gehören, die aus Hunger oder Modeſucht,
den Adel ſchimpfen. Aber ich kann nicht leiden,

D 2   daß

daß man irgendwo sey, wo man nicht hingehört — am wenigsten daß man sich aufdringe, wo man ganz und gar nicht hingehört. Ich liebte deine Mutter ohne irgend eine Rücksicht — doch ist diese Heyrath meiner Kinder Unglück. Wenn ich nun sehe daß ein Bürgerlicher so viel Geringschätzung des freyen Willens, so wenig Gefühl seiner eignen Menschenwürde hat, daß er glaubt, der Abglanz einer fremden Würde — könne seinen Werth er=höhen: — so bedaure ich ihn — und wenn es mein Sohn ist, an dem ich dieß sehe, so kränkt es mich.

Ruhb. S. Wenn ich sie doch überreden könnte, eine der Einladungen anzunehmen, sie würden sehen —

Ruhb. V. Was du nicht siehst — was ich mir so gern verbergen möchte — daß man dich verachtet.

Ruhb. S. Wie —

Ruhb. V. Wie können sie anders? Was sollen sie von einen Manne denken, der in einer ansehnlichen Klasse mit leichter Mühe, der Erste seyn könnte, statt des aber eine Familie zu Grun=de richtet, um unter ihnen der Letzte, der Sklav ihrer Meinungen, der Lastträger ihrer Launen zu seyn. Dieß alles hat mich diese letzte Jahre her sehr beunruhiget — um so mehr da ich es nicht än=

ändern konnte, so lange das Vermögen deiner Mutter noch da war. Dieses ist nun — doch sie wird mit dir darüber gesprochen haben.

Ruhb. S. Ja.

Ruhb. V. Auch wegen meines bestimmten Willens in Ansehung deiner.

Ruhb. S. Auch deswegen.

Ruhb. V. Nun so gehe hin. Spiele nicht mehr. Was du jetzt noch verschwenden könntest — sind die wenigen ruhigen alten Tage deiner Aeltern. Es wäre zu hart, wenn du deine Mutter noch Mangel leiden liessest. — Ich bitte dich, spiele nicht mehr. — Jetzt habe ich denn weiter nichts zu sagen. Geh jetzt hin, wo man dich erwartet. (Er gehet, nach einigen Schritten fällt ihm der Sohn um den Hals)

Ruhb. S. Mein Vater —

Ruhb. V. Was hast du —

Ruhb. S. Ich gehe nicht —

Ruhb. V. Wie —

Ruhb. S. Ich bleibe hier —

Ruhb. V. Mein Sohn —

Ruhb. S. Ich gehe nie wieder hin — ich kann nicht — ich kann sie nicht verlassen — sagen sie mir, ob sie mir verzeihen können? —

Ruhb. V. Alles! —

D 3   Ruhb.

Ruhb. S. Ob sie mich wieder lieben können?

Ruhb. V. Ist meine Bekümmerniß nicht Liebe? — Mein Sohn, du willst also nicht wieder hingehen?

Ruhb. S. Nein.

Ruhb. V. Nie wieder?

Ruhb. S. — Nein! —

Ruhb. V. (nach einer Pause) Du warst von jeher rasch — schnell in Aufwallungen wie deine Mutter. — Du bist es wieder gewesen. Gott sey Dank, du liebst mich. — Aber es wäre Mißbrauch, wenn ich dir ein Gelübde abdränge — daß du nicht halten kannst.

Ruhb. S. Wie? —

Ruhb. V. Nein mein Sohn, jetzt sage ich dir — gehe hin. (Christian kömmt, macht eine Pantomime auf Ruhberg Sohn) Siehst du — jetzt mußt du hingehen. Wenn du aber zurückkömmst — und bey kalten Blute deine Rückkehr beschließest — dann mein Sohn — hast du etwas großes gethan — hast deinem Vater ein sanftes Sterbeküssen bereitet — Nein — du sollst dein Versprechen nicht gebrochen haben — Sieh, ich selbst (er führt ihn an die Thür der Gassenseite) führe dich hin.

Ruhb. S. Mein Vater —

Ruhb. V. (reißt sich los, und geht auf der entgegengesetzten Seite ab)

Ende des zweyten Aufzugs.

————

Dritter

Dritter Aufzug.

Erster Auftritt.

(Zimmer des jungen Ruhbergs)

(Christian nimmt eine Wanduhr herunter, als er eben damit abgehen will kömmt der Secretair Ahlden)

Secr. Ist sein Herr nicht zu Hause?

Christian. Nein.

Secr. Wo ist er?

Christian. Ach —

Secr. Nun er thut ja so bedenklich — ist etwas vorgefallen.

Christian. — Er ist wieder dort!. —

Secret. Bey dem Fräulein?

Christian. Leider Gottes ja! — Sehn sie — man spricht nicht gern von seiner Herrschaft, und ich bin wahrhaftig der Mensch nicht — aber himmelschreyend ist es — Sehen sie nur, da wird ein Stück nach dem andern fortgetragen — (zeigt ihm die Papiere) Da — haben sie die Güte, sehen sie das einmal nach.

D 4

Secr.

Secr. Laß er das gut seyn — laß er. Ich bin von allem unterrichtet, — und —

Christian. O lieber Herr — sie sind ja ein Freund von meinen jungen Herrn, und werden nun gar ein Verwandter — wozu ich denn von Herzen Glück wünsche, — thun sie doch ein Einsehen in die Sache! Machen sie, daß er aus dem verfluchten Hause bleibt —

Secr. Ich will mein Möglichstes thun —

Christian. Sehen sie, von Jugend auf hat mich der junge Herr leiden können — und hat allemal große Stücke auf mich gehalten — wie manchmal hat er auf der Universität gesagt — Christian, so lange ich lebe, bleibst du bey mir, du sollst Brod haben, so lange ich welches habe! — ja — seit er mit den vornehmen Herrschaften umgeht — lieber Gott, da bin ich ihm nicht gut genug mehr. Sonst machte ich ihm alles zu Danke; jetzt ist dieß nicht recht, und das nicht recht — Warum? — Ach das sehe ich wohl ein; ich mache keinen Staat. Er möchte so einen jungen Brausewind haben — und mich will er doch nicht fortschicken. — Gut ist der Herr, darauf will ich leben und sterben — wenn er nur aus dem verfluchten Hause bliebe!

Zwey-

Zweyter Auftritt.

Haushofmeister, Vorige.

Haushofm. Dero gehorsamster Diener —
Sind ohne Zweifel der junge Herr Ruhberg?

Secr. Nein mein Herr.

Christian. Er ist nicht zu Hause —

Secr. Wenn sein Herr zu Hause kommt, so
sage er ihm, ich ließ ihn bitten, mich bey sich zu
erwarten. (ab)

Christian. Sehr wohl.

Haushofm. Der Herr kommen wohl bald
nach Hause? So will ich mich hier noch etwas
verpatientiren.

Christian. Das möchte ihnen wohl zu lange
dauern.

Haushofm. So sey er so gut, ihm das Billet einzuhändigen. Sage er nur: Ich wäre der
Haushofmeister des von Dammdorfischen Hauses.
Ich habe in der Nachbarschaft zu thun und werde aufs baldigste wieder hier seyn (ab)

Dritter Auftritt.

Christian allein.

Wirst nur gar zu bald wiederkommen, meyne ich immer. — Der ist auch aus der vornehmen

D 5 Freund-

Freundſchaft geſchickt. — Ich weiß 'was ich thue;
wenn das Volk ihn noch einmal ſo überláuft —
ſchicke ich ſie alle zu der Fráulein Braut. — Mein
Seel, Schaden kanns nicht! Sie iſt reich —
und da ſie ihn lieb hat — thut ſie wohl einmal
ein Uebriges. Er wird ihr es ſo nie ſagen, wo
ihn der Schuh drückt! —

Vierter Auftritt.

Ruhberg Sohn, Baron Ritau, Chriſtian.

Baron. Kopf in die Höhe mon ami, Kopf
in die Höhe! — perſeverance!

Ruhb. S. (der ſich gleich Anfangs in ſtummer
Verzweiflung geſetzt hat, beſchäftiget ſich, ohne darauf
zu achten, mit einem Spiel Karten) Ja, das iſt
wahr!

Baron. Jetzt müſſen wir das Ding von allen Seiten angreifen. Vor allen Dingen — muß
alles ſo maſquirt werden, daß es ſcheine, als
gienge noch alles auf brillanten Fuß fort. Man
muß nicht merken, daß die Umſtände im Verfall
gerathen ſind.

Ruhb. (ihm ſtarr anſehend) Der Valet koſtet
mir viel!

Baron. Warum aber auch ſich ſo entetiren?

Ruhb.

Rubb. (taillirt an dem Tische wo die Papiere liegen, welche er ohne aufzumerken herunterwirft, stampft mit dem Fuße, wirft die Karte weg, und ruft in einer Art Raserey) Er kostet verdammt viel!

Baron. (der auf die fallenden Papiere aufmerk= samer worden ist) Was Teufel, ist denn das? Lie= besbriefe? — (er nimmt sie) O weh! von böser Gattung; 1000, 200, — 456, mon ami, — Sie stecken tief? — das sind erst kritische Karten!

Ruhberg. (der ohne auf ihn zu hören, heftig umhergeht) Die verdammte Sieben. Ich hatte so gar keine Ahndung davon!

Baron. (Ihn beym Arme schüttelnd, ernstlich) Mon ami, hören sie doch!

Ruhberg. (gleichgültig) Was?

Baron. (sehr pressant und laut) Hier liegen eine Menge Noten, die bezahlt seyn wollen!

Christian. (der bisher im Hintergrunde war, kommt bescheiden näher, so daß Ruhberg in der Mitte ist) Es war fast nicht auszuhalten, so ungestüm waren die Leute — einige drohten — sprachen von Arrest —

Ruhberg. (erwachend) Ja das ist bös — Das ist schrecklich.

Fünfter

Fünfter Auftritt.

Vorige,   ein Gerichtsdiener.

Gerichtsd. Wohnt hier Herr Ruhberg.

Christian. (der ihm gleich anfangs entgegen-
gieng) Ja.

Gerichtsdiener. Stelle er ihm dieß zu (ab)

Christian. (giebts hin)

Ruhberg. (nachdem er gelesen) Teufel und
alle Wetter!

Baron. Was ists?

Ruhberg. Entsetzlich — entsetzlich!

Baron. So reden sie doch.

Ruhberg. Sie wissen von der Forderung der
Gebauerischen Erben an mich?

Baron. Die 1000 Rthlr.?

Ruhberg. Richtig. Eben ist bey der Justiz-
Canzley Arrest gegen mich erkannt worden!

Baron. Teufel! — Ist das gewiß?

Ruhb. (Auf das Billet deutend) Der Rath
Grundmann warnet mich, ich soll zuvorkommen
— zahlen.

Baron. (zuckt die Achseln. Eine kleine Pause)

Ruhberg. (nachdem er gelesen) Das Ding
fängt an mich warm zu machen.

Baron,

Baron. Freund! wenn das losbricht? so steht unsere Sache schlecht. Sehr schlecht?

Ruhberg. (ironisch) Ja, da haben sie wahrhaftig recht.

Baron. Allons donc! — Geben sie mir das Billet an das Fräulein. Ich will ihr Heil versuchen.

Ruhberg. Ja ja. (holt es, hat aber das Billet des Hofmeisters in der Hand gehabt, und giebt nun dieses statt jenem) Da — und nun — sie sehen es fängt an heiß zu werden — im Nahmen der Verzweiflung! Thun sie Wunder. Gott mit ihnen.

Baron. Das ist ja ein Billet an sie?

Ruhb. Wie? — ja wahrhaftig (sie tauschen) Laß sehen (er erbricht) — Ha!

Baron. Nun — wie?

Ruhberg. C'est fort!

Baron. Was haben sie denn wieder?

Ruhb. Diese Nacht — mein Gott, wie konnten Sie's vergessen — diese Nacht!!

Baron. Ah ciel! Der Herr von Dammdorf —

Ruhberg. Das verfluchte va Banque!

Baron. Es war wahrlich — eine Insolenz.

Ruhb. Warum warnten sie mich nicht.

Baron.

Baron. Mein Gott in einer solchen Gesellschaft! —

Ruhberg. Warum rissen sie mich nicht bey
den Haaren zurück!

Baron. Das würden sie mir übel gedankt
haben —

Ruhberg. Mein Engel wären sie gewesen!

Baron. Ja was ist zu machen?

Ruhberg. (Ihm ins Ohr) Zum Thore hinaus zu gehen — einen schlechten Kerl mich brand-
marken zu lassen.

Baron. Ah fi donc — den Kopf nur nicht
verlohren. Jetzt entwickelt sich alles!

Ruhberg. Ja wohl — ja wohl!

Baron. Nachgedacht, nachgedacht!

Ruhberg. Worauf? woran ?

Baron. An Zahlung —

Ruhb. Herr, ich habe nichts — nichts — gar
nichts, bin ärmer als in den Windeln.

Baron. Also Ausweg denn ?

Ruhb. Welchen — welchen? Dort 1000
Rthlr. — hier mein Ehrenwort auf heut!

Baron. Ja — da weiß ich nicht zu rathen.
(leicht) Zwar das Ehrenwort —

Ruhb. Verpfändet an meinen adelichen Nebenbuhler !

Baron.

Baron. Es war aber auch eine rasende Sottise von ihnen.

Ruhb. Ja rasend war ich — das war ich!

Baron. Man müßte versuchen, ob der Herr von Dammdorf in einem großmüthigen Raptus, zu Milderung der Summe zu persuadiren wäre — Eine Art Geschenk —

Ruhb. Es ist mein Nebenbuhler!

Baron. Ich habs — das geht. Eine höfliche Vorstellung — begleitet von einen Wechsel, worinne sie sich zu der Schuld öffentlich und förmlich bekennen. — Sie hoften, er würde nicht so stricte auf der Zahlung bestehen, da ohnehin ein Kavalier das Ehrenwort eines Bürgerlichen —

Ruhb. Die Ehre des Bürgers gegen den Kavalier, ist die stolzeste in der Welt, und nicht selten die unverletzlichste.

Baron. Ja das sind alles herrliche Sentiments! — aber, wenn alle ihre Schuldner ein Geschrey erheben; so ist ja die Proposition die sie dem Fräulein thun wollen, die lächerlichste von der Welt.

Ruhb. Das weiß ich, das bringt mich ja von Sinnen!

Baron. Die halbe Gesellschaft stierte sie an, lachte, zischte sich in die Ohren, als das rasende va Banque, ihnen echappirte. Sie schnitten ja

Ge-

Gesichter und rabotirten solches Zeug, daß ich mich wahrhaftig wundere, daß sie nicht gleich der Gegenstand der allgemeinen Persiflage geworden sind! hm —

Ruhb. Ha, ha, ha, — Persiflage, ja das ist das rechte Wort!

Baron. Ja wahrhaftig!

Ruhb. Hm! — Hören sie, mir ist wunderlich bey dem Dinge zu Muthe, ich bin — in einer recht mörderlichen Stimmung.

Sechster Auftritt.

Salomon, Vorige.

Salomon. Na! endlich einmal — Höre sie, ich bräuch mein Geld — glach —

Baron. Aber —

Salomon. Prolongire kann ich nit mehr.

Ruhberg. Salomon — höre, wenns dein Nutzen wäre — liehest du wohl noch etwas her?

Salomon. Was rede sie? — Gewesen bin ich bey der Fräle Braut.

Ruhb. S. Baron. ⎱
Baron. ⎰ Kerl!

Salomon. Nu, gesprochen habe ich sie nicht, aber — als sie mich nit zahle — ich muß wieder hingehen.

Ruhb.

Ruhb. Beym Teufel —

Baron. Kerl wo du —

Ruhb. Ich muß einen Ausweg haben.

Salomon. Nu — ich muß Resolution habe?

Siebenter Auftritt.

Haushofmeister, Vorige.

Baron. O weh —

Ruhb. Was will er?

Haush. Eine geneigte Empfehlung von meinem gnädigen Herrn — dem Herrn Baron von
Dammdorf und er schickt mich her, bey ihnen die
bewußten 1000. Rthlr. zu empfangen.

Salomon. (zuckt sehr bedenklich die Achsel und
wartet mit Ernst den Ausgang ab)

Baron. (nach einer Pause) Mein Freund das
wird er wohl jetzt nicht mitbekommen — aber.

Haushofm. (fast grob) Ho ho, sie erlauben,
— mein gnädiger Herr sagten für ganz gewiß:
der Herr Ruhberg würden zahlen — sie hätten
Dero Ehrenwort sehr stricte verpfändet.

Ruhb. (wild) Das habe ich auch —

Baron. (mit falschem Feuer) Mon ami! —
sie haben mit ihrem Ungestüm alles verdorben —
da liegt das Billet. — (er legt es auf einen Tisch)
Ich zieh mich aus der Affaire (will fort)

E   Ruhb.

Ruhb. (hält ihn auf.) Baron — Christian! (außer sich) Sie treiben mich zu verzweifelten Dingen.

Baron. Wie?

Christian. Was befehlen sie?

Ruhb. (ängstlich) Ich will — Herr Baron, sie gehen doch gleich zu dem Fräulein?

Baron. Ja — wenn nur —

Ruhb. Christian, frag doch meinen Vater, ob — ob — Nachmittag bey der Justiz Seßion ist?

Christian. (ab)

Haushofmeister. Ich bitte mich nicht lange aufzuhalten —

Ruhb. Nein, nein —

Haushofm. Ich bin bereits beordert, so wie ich von hier weggehe, mit dieser Summe einen Posten zu tilgen. Ich hoffe sie werden in Consideration, Dero gegebenen Parole, mich nicht —

Ruhberg. Halt ers Maul — er wird bezahlt.

Baron. Mein Gott wovon —

Christian. (zurückkommend) Der Herr Vater sind nicht zu Hause.

Ruhb. Christian, nimm den Juden mit dir fort — bis — bis ich klingle —

Salomon. — Na was soll da herauskommen? (ab mit Christian)

Ruhb.

Ruhb. Herr Baron — haben ſie die Gnade
den Mann einen Augenblick — ich bin gleich wieder hier. (ab)

Achter Auftritt.

Baron, Hofmeiſter, Ruhberg S. bald wieder
zurückkommend.

Baron. Er weiß wohl nicht mein guter Alter — ob ſein Herr jezt bei dem Fräulein Ranenſtein
iſt.

Ruhb. S. (tritt haſtig ein) Herr Baron.

Baron. Was haben ſie —

Ruhb. (ſich leicht ſtellen wollend) Sie glauben
alſo — wenn ich dieſe Leute bezahlen könnte —
hätte ich Hofnung bey dem Fräulein?

Baron. (befremdet und verwirrt) Ja die haben ſie. — Mein Gott ja — aber was haben
Sie — — blaß, entſtellt — der Angſtſchweiß ſteht
ihnen auf der Stirne — ſie zittern —

Ruhb. — Ja dem alten Manne währt die
Zeit lange. (ab)

Baron. (ihm nachſehend. Eine kleine Pauſe)
Das mag der Teufel begreifen!

Haushofmeiſter. Sehn ſie Herr Baron, ich
kann ihnen nicht ſagen, ob mein gnädiger Herr

alle-

alleweile bey dem Fräulein sind, denn um des gnädigen Herrn Thun und Lassen, Gehen und Stehen bekümmere ich mich nicht. Ich denke immer: „Was deines Amts nicht ist, da laß deinen Vorwitz„ und Gott sey gedankt! — ich befinde mich wohl dabey.

Baron. Ha ha, das glaube ich — ich lobe ihn.

Haushofm. Aber mein gnädiger Herr sind auch nicht etwan so, wie es manche giebt — „Die Schaale weggeworfen, wenn die Citrone ausgedrückt ist„ — Denn sehen sie, ich bin ein Erbstück von dem seel. alten Herrn.

Baron. So so! — Aha.

Haushofmeister. Ich kann ihnen sagen, Herr Baron, auf dem Gute ist kein Acker Landes, kein Weiher, kein Gehölz, kein Baum, Obst und Gemüse-Garten, ich weiß, was er trägt.

Baron. Tausend! — das ist viel.

Haushofmeister. Ja den möchte ich sehen, wer den gnädigen Herrn um einen Pfennig betrügen könnte, wenn er erst durch meine Hand gehen muß.

Baron. O ja, dafür sehe ich ihn an.

Haushofm. Ja — es wird doch nichts erübriget. Bey dem seeligen Herrn war allezeit ein starker Ueberschuß, bey uns aber will es nicht zulan-

langen. — Herr Baron (raunt ihm vertraulich zu)
Der Staat ift zu groß. —

Baron. (lachend) Ja wohl da —

Haushofm. (wie vorhin) Sie wollen es Für-
ften und Herrn gleich thun!

Baron. Ja, da liegt es.

Haushofm. So eine Reife nach Italien die
macht mir denn auch viel Moleftie. Da kömmt
ein Brief nach dem andern. — „ Geld Alter —
Geld! „ Da muß hingeschickt werden — Ah —
es ift eine Schande und ein Spott. Wenn der
gnädige Herr hier etwas kaufen, da fragen sie so
wohl zuweilen Dero alten Knecht — o, da habe
ich schon manchen luftigen Handel, den Krebsgang
geh en laffen.

Baron. (lange Weile findend) Das ift wahr,
fein Herr hat an ihm einen treuen Diener.

Haushofm. Ja, ich bin ein alter Knabe,
aber, was die Treue importirt, da thut mir es
keiner gleich.

Neunter Auftritt.

Vorige, Ruhberg (blaß, verftört und haftig.)

Ruhb. Hier alter Freund ift fein Geld ——
Geh er.

Haushofm. Wegen dem Nachzählen.

Ruhb.

Ruhb. Das thue er zu Hause —

Haushofm. Ja und dann wegen der Quit-
tirung.

Ruhb. Ich will keine — fort!

Haushofm. Nun dann — ihr gehorsamster
Diener.

Baron. Ich bin höchlich erstaunt — bravo!
ich gratulire!

Ruhb. Ich danke ihnen, Herr Baron — ich
danke ihnen.

Baron. Aber wo zum Kuckuk, haben sie denn
am Ursprung des Mangels, noch eine solche
Summe herbekommen?

Ruhb. Da haben sie noch einige Summen,
zahlen sie damit den Juden, nehmen sie die Ge-
bauerische Klage zurück, und befriedigen sie die
schreyendsten Forderungen — und vor allen — eilen sie — fliegen sie zu dem Fräulein.

Baron. So gleich.

Ruhb. Ich will der Kleinigkeiten nicht erwähnen, welche sie mir als Freundschaftsbezeugun-
gen oft so hoch anrechneten; nicht daß ich ihnen
einst das Leben rettete — aber daß sie mich diesen
Engel kennen lehrten — daß ich nun aus Armuth
bedarf, was vorher nur mein Glück vergrößert
haben würde, daß verschwendete Reichthümer, eine vernichtete Familie, verloren — o mein
Freund,

Freund, bey allem was sie wissen — bey dem was sie nicht wissen! — Fachen sie jedes Fünkchen, das für mich spricht zur Flamme an! Mein Glück muß gleich entschieden werden, wenn es so groß seyn soll, als mein Unglück werden kann.

Baron. Gott mir ahndet ein schrecklicher —

Ruhb. Gehen sie — kein Zögern, seyn sie so schnell, als wenn es ihre Seele gälte!

Baron. Ja wenn aber —

Ruhberg. Lassen sie mich! ihr Dastehn ist schrecklich, tödtlich ihr Anblick bis sie von ihr kommen (er treibt ihn ängstlich fort) Fort, fort — ich muß allein seyn (Baron ab)

Zehnter Auftritt.

Ruhberg S. allein.

Allein — allein muß ich seyn, seit ich lasterhaft bin — oder ist es frömmlende Gewissenhaftigkeit — Ueberbleibsel der Ammen-Moral? — Aber diese Angst, diese Bangigkeit — Das Blut schlägt zum Herzen — meine Hände sind kalt — alle Besinnung verläßt mich — das ist das Zagen des gemeinen Sünders? — — Rasender — du bists! — „Meinem Vater heimlich abgeliehen,, sage ich! — „Er hat die Landes-Casse angegriffen,, wird die Menge sagen. Neid, Verfolgung, Falschheit,

Wut

Wuth und Gesetze, werden gegen mich aufstehen. „ Er hat die Kasse besto „ Hier darf ich das Wort nicht sprechen, in kalten, gräßlichen Mauren werde ich es brüllen, die Gesetze werden ihr Opfer suchen — und der Gedanke hat es entseelt.

Eilfter Auftritt.

Secret. Ahlden, Ruhberg Sohn.

Ahlden. Ah — sieh da! mein Freund Ruhberg.

Ruhberg S. Ihr Diener.

Ahlden. Ich habe längst sie zu sprechen gewünscht.

Ruhberg S. So? — (kalt) wollen sie nicht Platz nehmen?

Ahlden. (mit möglichster Gutheit) Ey, mein lieber Ruhberg, seit wenn sind wir denn auf so zeremoniösen Fuß miteinander? — Zwar pflegt es wohl so zu gehen, wenn mann sich lange nicht gesehen hat. Aber das ist nicht meine Schuld — ich habe sie sehr oft verfehlt.

Ruhberg S. (höflich) Thut mir von Herzen leid.

Ahlden. Die große Welt liebt sie zu sehr, — da müssen sie denn oft mitschwärmen.

Ruhb.

Ruhberg S. (obenhin) Hm! — Es wird auch mehr davon gesprochen als wahr ist.

Ahlden. Wie es denn zu gehen pflegt.

Ruhb. S. Haben sie mir noch etwas zu sagen — ich bedaure — und rechne auf ihre Entschuldigung; ich muß wegen einer preſſanten Angelegenheit —

Ahlden. So — — ja mein lieber Ruhberg, mich führte eine besondere Bitte her.

Ruhb. S. Die wäre?

Ahlden. Sie erinnern sich doch ihrer Zeichnung vom Sonnenuntergang — sie machten sie auf der Univerſität, sie gefiel so sehr.

Ruhb. S. Ah — ja.

Ahlden. Man hat mich darum gebeten, liehen sie mir sie wohl auf einige Tage?

Ruhb. S. Warum nicht. (Er nimmt ein Portefeuil aus der Commode, und aus dieſem die Zeichnung) Da ist sie.

Ahlden. Ja — das ist sie — wahr! — Es ist doch ein herrliches Stück! an dem Tage, als sie dem Baron Ritau das Leben gerettet hatten — machten sie dieß. (Er betrachtet es) Wie ehrwürdig war mir der große Jüngling, als die scheidende Sonne sein Gesicht röthete. (Er scheint in der Betrachtung verloren) Die herrliche Perspektive

E 5

tive — in kleinen Zügen, die weite Schöpfung so
groß dargestellt — bey allem, was schon über das
nämliche gesagt, gesungen und gemahlt worden ist
— so kühn — so neu und doch so wahr, in leisen
Andeutungen — so unendlicher Raum für die
Phantasie — Das ist kein Stück, davor man einst
vorübergehen und sagen wird: „ es ist schön. „ —
Es ruft den Abend zurück — es giebt ihren Blick
— indem man es sieht, ist man der Künstler, der
es schuf, und wenn man es verläßt — scheidet
man von einem Freunde! — Ich sehe sie an der
Warte sitzen, und mich und die Uebrigen. — Es
war wohl ein schöner Abend! —

Ruhb. S. (seufzend) Ja — das war er.

Ahlden. (ohne vom Gemälde wegzusehen) Galt
dieser Seufzer den Universitätsjahren?

Ruhb. S. In gewisser Beziehung — o ja.

Ahlden. (wie vorhin) Schade, daß sie in
dieser Kunst nicht weiter giengen —

Ruhb. S. Schade? (In der Meinung, daß
Ahlden ihn nicht beobachte, halb für sich) Schade um
vieles!

Ahlden. (sich schnell zu ihm wendend) Ja
wohl. Sie haben in der Poesie interessante Sachen geliefert — das schläft nun alles. Auch für
die Musik sind sie todt.

Ruhb.

Rubb. S. Das alles wird wiederkommen.

Ahlden. Gut! Aber unterdeſſen nützen ſie niemand. Ein Talent wie das Ihrige darf keine Stunde ungenützt in der Welt ſeyn. — Wiſſen ſie noch, wie wir auf der Univerſität uns freuten, nach und nach dem Aktenſtyl aus dem Wege zu gehen — wie wir uns ärgerten, daß die Richter den Menſchen nicht begriffen — wie wir uns beredeten, wenn es einſt an uns kommen würde, in den Gerichten ohne Schwärmerey mit Ernſt Gutes zu thun!

Rubb. S. Wohl weiß ich es. Mit dem Willen kam ich hieher. Es lag mir wenig daran gekannt zu ſeyn. Aber — Ritau machte mich bey der Kanenſtein bekannt, meine Mutter ſelbſt zog ſie an ſich — Leidenſchaft für das göttliche Geſchöpf riß mich hin — ich ward in die Lebensart verwickelt — und vorbey war es mit jenen einfachen Planen.

Ahlden. Und vorbey mit ihrer Glückſeligkeit. Sonſt lebten ſie das Leben des Weiſen — was jetzt! — ſagen ſie ſich ſelbſt — wie es jetzt mit ihnen ſteht! Oder — wenn ihr Gewiſſen nicht treu iſt — gut — leſen ſie es in gräßlicher Schrift an den Geſichtern einiger unglücklichen dieſes Hauſes, deren Seligkeit ſie — vertändelt haben.

Rubb.

Rubb. S. Ahlden — sie wissen, daß ich nicht mehr bin, was ich war, daß ich es nie wieder seyn kann. — Was wollen sie, was machen sie aus mir?

Ahlden. Bruder meiner künftigen Frau — mein Bruder — edler junger Mann — du mußt uns noch glücklich machen! Feyerlich im Nahmen der Würde deines Geistes, rede ich dich an — entsage Chimären — werde Bürger, Bruder — Sohn — und du bist groß!

Rubb. S. Es ist zu spät — es ist zu spät! — ja wenn — es ist zu spät! — Gott sey gedankt — der dich — dieß Du — gebe ich dir aus ganzem Herzen — der dich meiner Schwester gab. Du mußt wissen, so sehr ich vielleicht unglücklich bin — so ist mein Herz doch nicht so vertrocknet, daß für euer Glück mir nicht eine dankbare Thräne übrig bliebe —

Ahlden. Zähle auf mich — ich werde dir diese Thräne nie vergessen.

Rubb. S. Verlaß mich — geh — ich bin sehr erschüttert —

Ahlden. Nein ich muß die Rückkehr dir noch abgewinnen.

Rubb. S. O es ist zu spät — (an Verzweiflung gränzend) Es ist zu spät!!!!

Ahl=

Ahlden. (aufmerksam) Wie so? was könnte.

Ruhb. S. (erschrocken) Es wäre freylich wohl — aber dann — das trockne Aktenleben.

Ahlden. Troken? Wahrlich, das kann eine Arbeit nicht seyn, die Menschen glücklich macht. Sieh — zum Beyspiel: — — heut ist es entschieden daß meine Defension einem Menschen das Leben rettete. — Sag dir es — wie ich mich dabey fühle.

Ruhb. S. (nachläßig, ohne jedoch den Haupt-ton zu verlieren, der diese Sjene charakterisiren kann) Freylich — das — habe ich mir oft gesagt. Wen hast du defendirt?

Ahlden. Den alten Einnehmer Sievert von Grünhayn, du muß dich erinnern — der berüch-tigte Kassen-Angriff —

Ruhb. S. — Kassen-Angriff! So? so!

Ahlden. Kennst du den Mann?

Ruhb. S. Ja der Fall ist mir bekannt.

Ahlden. Die Defension war nicht leicht. Die Kassen-Defekte sind seit einiger Zeit so häufig — die geschärften Gesetze hatten den Galgen auf ge-ringe Summen gesetzt.

Ruhberg S. Es ist Unsinn, Todesstrafe darauf zu setzen.

Ahl=

Ahlden. Ja die Wiederholung. —

Rubb. S. Es ist Raserey, sage ich dir.

Ahlden. Kann aber mit irgend einer Ordnung ein solcher Diebstahl —

Rubb. S. (rasend) Ein Mensch der eine Kasse angreift, ist kein Dieb.

Ahlden. Was denn anders?

Rubb. S. Die mehresten wollen es wieder ersetzen.

Ahlden. Wollen!

Rubb. S. Und würden — wenn man nicht —

Ahlden. Auf diese Art könnte jeder liederliche Bursche zur Befriedigung seiner Ausschweifungen stehlen — und —

Rubb. S. Untersucht ihr denn aber — wie der Mensch dahin gekommen ist? Giebt es nicht Fälle, wo der Richter gerade so gehandelt haben würde, als der Verbrecher, den er verdammt?

Ahlden. Wohl. Tausche die Personen, und es wird —

Rubb. S. Ha, du bist kalt — kalt — wie sie alle sind. Eure Pflicht heißt Blutgier, eure Gerechtigkeit ist Morden.

Ahl-

Ahlden. Aber sage mir — wie kannst du
wegen eines möglichen Falles.

Rubb. S. Hm — das werde ich jetzt erst
gewahr —

Ahlden. So ausschweifend heftig seyn — ich
begreife dich nicht.

Rubb. S. In der That, ich muß deklamirt
haben — Verzeih — du weißt ja —

Ahlden. Du hast eine eigene Art. Kannst
du dich nicht für eine Sache intereßiren — ohne
sie, mit einem Feuer zu umfassen, das dich ver-
zehrt!

Rubb. S. Das ist meine fröhlichste Hofnung, daß es nicht lange mehr so dauren kann
— Wenn es nur nicht auf eine schreckliche Art
bricht!

Ahlden. (Ihn mit Güte umarmend) Ist denn
nimmer Friede in dir? (eine Pause — Rubberg
wendet das Gesicht ab) Innres Bewußtseyn ge-
währt ja Frieden und die Ruhe des Weisen!

Rubb.

Ruhb. S. (dreht sich rasch um, fixirt, ergreift ihn) Geh hin, und weine über mich! (er stürzt aus dem Zimmer)

Ahlden. Ruhberg, Freund Bruder — (ihm nach ab)

Ende des dritten Aufzugs.

——— ———

Vier=

Vierter Aufzug.

Erster Auftritt.

Ruhberg Vater , hernach Christian.

Ruhb. V. (ist schon auf der Bühne , er sitzt und ließt, sieht nach der Uhr) Drey Viertel auf vier — Nun werden sie bald hier seyn. (klingelt) (Christian kommt) Ist mein Sohn zu Hause?

Christian. Gewesen — und sagten, sie würden bald zurückkommen.

Ruhb. V. Gut. Wer vorfährt oder sich melden läßt wird nicht angenommen.

Christian. Sehr wohl. (ab).

Zweyter Auftritt.

Herr und Madam Ruhberg.

Ruhb. V. Ah — da kömmt einer von meinen Gästen —

Mad. Ruhb. Die Uebrigen werden gleich hier seyn.

Ruhb. V. Wohl meine Liebe. Sie haben trefliche Einrichtungen gemacht. Bey ihrer getrof-

F   fenen

fenen Einschränkung litt niemand, der uns lange
gedient hat. — Zwar, das durfte ich von ihrem
Herzen erwarten.

Mad. Rubb. Der Himmel weiß. Ich habe
nicht leicht einen schmerzlichern Auftritt gesehen.
Sie wissen, es sind alle gute Leute. Keiner wußte woran er war, — sie wollten, sagten sie:
„ gern um weniger dienen, sie wollten — ich
konnte es nicht länger ertragen, ich schloß mich
in mein Kabinet und weinte.

Rubb. V. Ich stelle mir sehr lebhaft vor,
was sie bey dem allen geduldet haben. — Auch
habe ich eben deswegen ihnen vorschlagen wollen,
ein anderes — etwa kleineres Haus zu beziehen,
um alle Erinnerung von vordem zu verbannen.

Mad. Rubb. O lieber Mann — das Haus
ist lange bey meiner Familie gewesen —

Rubb. V. Es kömmt darauf an, wie mein
Sohn steht — ob wir es behalten können oder
nicht. Wenn er aber keine Schulden hätte, welches doch nicht zu vermuthen ist, so braucht er doch
ansehnliche Unterstützung, ehe seine Geschäfte in
Gang kommen.

Mad. Rubb. Unterstützung? — Geschäfte?
Sie vergessen —

Rubb. V. (gütig) Was ich so gern vergesse,
die Heyrath.

Mad.

Mad. Rubb. Ach! —

Rubb. V. Hat er Anfrage gethan —

Mad. Rubb. Ja.

Rubb. V. Und die Antwort —

Mad. Rubb. Ist noch nicht zurück.

Rubb. V. Noch nicht zurück? — Lassen sie uns nicht weiter davon reden — Eduard wird doch kommen?

Mad. Rubb. Gewiß.

Rubb. V. Wenn es möglich ist — so seyn sie heiter an meinem Familienfeste.

Mad. Rubb. Werden sie Kummer an mir gewahr — ach! — so gilt er nur mir.

Dritter Auftritt.

Vorige, Obercommissarius Ahlden, Secretair Ahlden, von Louisen hereingeführt.

Obercomm. Ahlden. (noch inwendig) Ich habe zu bitten — wird nicht geschehen.

Rubb. V. Ah da sind sie!

Oberc. A. Ey, ey, (tritt ein) sie sind gar zu artig Mamsell, gar zu artig.

Rubb. V. Seyn sie mir herzlich willkommen —

Oberc.

Oberc. A. Ihr Diener Herr Kollega — gehorsamer Diener Madam —

Mad. Rubb. Mein Herr —

Secr. Ahld. Wir kommen früher, als sie uns erwarteten. Das werden sie mir vergeben.

Rubb. V. Wollen sie nicht Platz nehmen.

Oberc. A. Wenn sie erlauben — ich liebe die Bewegung im gehen und stehen — die Uebrigen werden sich ihrer Bequemlichkeit bedienen. — Ein recht allerliebstes Kind — ihre Mamsell Tochter, so artig und manierlich. — so sedat. —

Louise. (zum Secret. A.) O wie mich das freuet, daß ich ihm gefalle.

Obercomm. A. Wie alt ist das liebe Kind?

Mad. Rubb. Neunzehn Jahr.

Oberc. A. Neunzehn? — so alt, wie mein Justinchen wenn sie noch lebte. Auf Johannis werden es sieben Jahre, daß sie starb. — Warum setzen sie sich nicht? Richten sie sich nicht nach mir! Viel Sitzen wäre mein Tod — Sitzen, Wein, Kaffee und Traurigkeit, dafür muß ich mich gewaltig in Acht nehmen.

Rubb. V. Da thun sie wohl.

Obercomm. A. Wenn ich nur ein wenig über Schilds Rand gehe, gleich kommt mein Accident — Das Blut steigt mir zum Kopfe, ich sehe alles doppelt und dreyfach.

Mad,

Mad. Rubb. Sie scheinen doch recht wohl zu seyn, auch —

Oberc. So, so, — ein Paar allerliebste Schwanen haben sie in ihren Garten, Madam! — Apropos — ist denn der Herr Sohn nicht da —

Mad. Rubb. Er wird nachher die Ehre haben, ihnen —

Obercomm. Nach Zeit und Gelegenheit, — preßirt nicht —

Mad. Rubb. Erlauben sie, er —

Obercomm. Wenn sie erlauben, werde ich die lieben Thierchen dann und wann besuchen, ich füttre sie so gern.

Mad. Rubb. (verbeugt sich) Mein Sohn würde längst hier gewesen seyn, wenn —

Oberc. (sagt zu Rubb. V.) Wissen sie denn, wer die reiche Amtsvogtey bekömmt (er nimmt ihn mit sich in den Hintergrund)

Mad. Rubb. (sieht ihm etwas empfindlich nach)

Secret. Ahlden und Louise. (sind in Verlegenheit)

Mad. Rubb. Ihr Herr Vater hat vielleicht vor der Hand Geschäfte mit meinem Manne, wenn das ist, so wollen wir —

F 3

Secr.

Secr. A. Noch nicht, glaube ich — (näher zu ihr) Es ist Liebe und Gütigkeit, wenn sie die Aussenseite entschuldigen, o wenn er ihnen näher bekannt seyn wird —

Rubb. V. Ich hätte doch nicht gedacht —

Obercomm. Cui favet, (wieder herunterkommend) lieber Herr Kollega — cui favet! — Nun was ich sagen wollte — die jungen Leute wollen uns in Verwandschaft bringen?

Rubb. V. Ja lieber Ahlden, das hat sich so auf einmal gefunden.

Obercomm. Ich will ihnen sagen — wenn es ihr Wille ist — je nun — in Gottes Namen! — ich will nichts dagegen haben

Mad. Rubb. Ich danke ihnen dafür. Für uns und meine Tochter, daß sie nichts dagegen haben wollen.

Obercomm. Ja sehen sie — sie müssen mirs nicht übel deuten — Im Anfange hatt' ich dagegen.

Rubb. V. (Nur wenig befremdet) So?

Mad. Rubb. (fast heftig) Das höre ich zum erstenmale in der That.

Obercomm. Ja, ja, im Anfange war ich gar nicht, davon erbauet

Secr.

Secr. A. Ja, mein Vater meynte ◄

Obercomm. Daß sein Sohn ihn reden lassen sollte! — also — wie gesagt, denn ich bin nun einmal so, — hinterm Berge halten und dißimuliren, ist all mein Lebtage meine Sache nicht gewesen — Im Anfange — hätt' ich lieber — lieber gewollt, daß mir — Gott verzeih mir meine schwere Sünde, die hohen Herrn meine Rechnung nicht hätten paßiren lassen, als daß der Blitzjunge sich hier vergafft hätte.

Mad. Ruhb. Ich weiß nicht wie —

Obercomm. Sie erlauben — es gehört zur Sache — ich will sie nicht beleidigen.

Mad. Ruhb. Ich gestehe, daß es mich einigermaßen befremdet —

Obercomm. Nur Geduld. Ich weiß, sie nehmen Raison an. Sehen sie — jeder, Vater hat Aussichten für seine Kinder, und Entwürfe, wie sie zu Brod und Ehre gelangen sollen — so mochte ich denn nun für meinen Sohn auch ein Projectgen gehegt und gepflegt haben — dem diese Heyrath schnurstracks entgegenlief. Ja — und da werden sie pardoniren, daß ich Anfangs diese Heyrath nicht gern sah. He — was sagen sie?

Mad. Ruhb. O ja — der Fall ist mir wohl begreiflich. (Mit Beziehung auf sich)

Obert

Obercomm. So sehr ich mich denn nun Anfangs alterirt hatte — denn sehen sie, der Junge
hat mir noch in seinem Leben nicht so die Spitze
geboten — — so dachte ich doch bald darauf: „Das
„ Mädchen ist brav — ist ein honnettes Haus —
„ den einzigen Sohn hast du ja nur — sie ist ihm
„ nun einmal an die Seele gewachsen, zudem hat
„ er sein Wort gegeben — Wort muß man hal-
„ ten — ich habe in meinem Leben noch kein Wort
„ gebrochen, und sollte Schuld seyn — Nein „ —
Genug ich gab mich drein. So steht die Sache
nun. Wenn sie beyde Aeltern nun ihre Einwilligung geben wollen, so ist die Sache richtig.

Ruhb. V. Sie sind ein biedrer rechtschafner
Mann. Ich gebe meine Einwilligung.

Mad. Ruhb. Ich die Meinige.

Obercomm. Nun, das wäre also richtig
— aber — je nun es wird sich auch wohl geben.

{ **Ruhb. V.** Was hätten sie noch.
{ **Secret. A.** Mein Vater —

Obercomm. Ja wenn ich wüßte — ich kann
nicht eher froh seyn, bis ich es gesagt habe.

Mad. Ruhb. (gütig) O zögern sie nicht —

Obercomm. Wahrhaftig? — Ich soll sprechen? — ja es betrift aber gerade sie —

Mad.

Mad. Rubb. Um so mehr bitte ich — haben
sie Vertrauen auf mich —

Obercomm. (äusserst gütig) Sehen sie nur
nicht auf die Worte, die weiß ich nicht zu setzen,
aber ich meyne es wirlich gut.

Rubb. v. Guter Mann!

Mad. Rubb. Wahrheit — zum Glück meiner Kinder, thut es nicht weh.

Obercomm. Brav! wahrhaftig brav! So
billig hätte ich mir sie nicht vermuthet. Nun sehen sie — ihr Haus? Ist ein Haus, dessen Verwandschaft Ehre macht. Aber — nehmen sie mir
es nicht übel — ihre Lebensart ist mir zu groß.
Darum bitte ich sie nun herzlich — lassen sie die
Kinder fein bürgerlich zusammen haushalten. Nicht
groß. Höre ich von ab- und zufliegen der jungen
Herrn von Spieltischen, Lästerkompagnien, nied-
lichen Soupees und lustigen Parthien, so weiß
ich, daß es mit meinem Sohn zu Ende ist, dann
gräme ich mich und gehe drauf.

Mad. Rubb. Ich wünsche meine Tochter
glücklich — ich werde ihr mütterlich rathen, alle
diese Dinge zu vermeiden. Auch —

Obercomm. Liebe, scharmante Frau — Mein
Gott wie verkennt man die Frau — Nun freu
ich mich der Heyrath erst, da sie so brav — so

F 5   her-

herzensbrav sind. Gott weiß, ich habe mich vor ihnen gefürchtet. Ey ey, ich habe ihnen Unrecht gethan — so wahr ich lebe — großes Unrecht.

Ruhb. V. Sie kannten sich beyde nicht.

Obercomm. Ey wir wollen manchen langen Abend zusammen verplaudern — sieh, sieh! — verschaft mir mein Karl noch so ein Paar herzgute Freunde ehe ich aus der Welt gehe. (er drückt beyden die Hände) Und nicht wahr, ich darf kommen im meinem Alltagsrock?

Mad. Ruhb. Darf ich das ihnen noch beantworten!

Obercomm. Ja, den Rock habe ich nicht getragen? seit den neun Jahren, da unser Durchlauchtigster Prinz heyrathete — und weil ich sie noch nicht kannte, habe ich ihn heut angezogen. Geschieht nicht wieder!

Mad. Ruhb. (weint, und umarmt Louisen)

Ruhb. V. Was haben sie?

Mad. Ruhb. Soll ich nicht weinen? (zum Obercomm.) Ach mein Herr, meine Tochter — meine gehorsame Tochter kommt zu ihnen, wie — wie —

Obercomm. — Was —

Mad. Ruhb. Eine Bettlerinn —

Ruhb.

Rubb. V. Ja, mein Herr — mit Nichts, mit gar nichts — kömmt sie zu ihnen. — Mein ist die Schuld — dieß peinliche Bekenntniß ist die geringste Buße für meinen Eigensinn in einer schwächlichen thörigten Maxime. Ich ließ sie zur Bettlerinn werden.

Obercomm. Bettlerinn — mit einem Herzen für die Noth von Tausenden? — Meine Kinder, ich trete euch meinen Dienst ab, und das wenige was ich habe! — Mädgen — füttre mich zu Tode, hörst du?

Louise. Mein Vater —

Mad. Rubb. Ach, ich elende Mutter.

Obercomm. Ich bin alt — schlecht und recht — brauche nicht viel, und kann auch noch weniger brauchen lernen. Gebt mir ein Kämmerlein unter dem Dache — aber meine Kinder müssen gut wohnen.

Mad. Rubb. Sie pressen mir Thränen aus —

Obercomm. Großen Ton? hasse ich: Aber wenn den Leuten eine Bequemlichkeit des bürgerlichen Lebens abgienge, wenn sie Mangel an stiller Hausfreude hätten, wenn ihnen nicht so viel übrig bliebe mit einem guten redlichen Freund des Lebens sich zu freuen, hie und da einen Elenden

zu

ju erquicken, einen Jammernden aufzurichten, so
wollte ich auf Stroh schlafen, mir es am Munde
abdarben wollte Kinder unterrichten und abschrei-
ben — bis sie hätten, daß sie so leben könnten.

Mad. Rubb. Gott sey Dank — für ihr Herz
und ihre Verwandschaft.

Obercomm. Obs ihnen gleich, so lange ich
lebe — nicht übel gehen soll.

Rubb. V. Nun meine Liebe, werden sie nun
fröhlich seyn, an meinem Familienfeste?

Mad. Rubb. Ach — wäre Eduard nur auch
so glücklich!

Rubb. V. Wird auch werden! — Nun meine Kinder. (Sie nähern sich) Wir sind einig.
Junger Mann — ich gebe ihnen hier meine Tochter. — Machen sie sie glücklich — sie ist ein gutes Kind.

Mad. Rubb. Mein Herr — seyn sie doch
immer dieses Hauses eingedenk. Louise — vergiß
deine Mutter nicht, und wenn es euch gut geht —
vergeßt eures Bruders nicht. Seyd ihm Rathge-
ber und Stütze, wenn wir auch nicht mehr sind
— so wird euch Gott segnen.

Rubb. V. Ja darum bitte ich sie, und auch
sie würdiger Mann. —

Ober-

Obercomm. Von Herzen — zwar hätte ich
bey der Gelegenheit — indeß ein andermal.

Secr. Gott sey mein Zeuge, sie sollen sich in
keiner Erwartung getäuscht finden, mein Vater —
Liebe Mutter — sie werden ihre Tochter glücklich
sehen. Eduard dem Freunde meiner jüngern Jahre — nun meinem Bruder — verspreche ich Bruder-
Treue bis in den Tod.

Louise. (zu Ahlb. Vater) Werden sie ihre
Tochter lieben? an ihren kindlichen Diensten Freude haben, lieber Vater?

Obercomm. Ja meine Tochter.

Louise. Ihre Freude, ihr Zeitvertreib wird
mein einziger Gedanke seyn.

Obercomm. Ja? liebes Kind, wollen sie sich
meiner annehmen? — Gott thut mir viel Gutes! Verlor mein liebes Weib, und hatte niemand, der mein Alter pflegte, und mir zusprach,
wenn die Last zu schwer wurde — und haben nun
so eine herrliche Schwiegertochter — und was mir
die größte Freude macht, sie hat gerade die Art
deiner seeligen Mutter — wenig Worte — aber
das Herz im Auge — so ein Herz, von dem man
Trost nehmen kann in dieser unruhigen Welt —
Meine gute Alte, wenn du nun noch da wärest! —
wenn du wüßtest, daß mirs noch so gut geht, nehmt
mir's

mir's nicht übel — ich muß weinen — wenn ich an die gute Frau denke — sie war gar zu gut —

Rubb. V. Weinen sie. Es ist ein tröstender Gedanke — daß der Platz, wo ein guter Mensch heraustrat — nach langen Jahren noch offen steht — und daß dem Weisen diese Lücke noch spät eine Thräne kostet.

Louise. Erzählen sie mir oft von ihr; nach ihrem Beyspiel, und dem ihrigen, liebe Mutter — will ich lernen, meinen Karl glücklich zu machen.

Rubb. V. (Pause) Ists doch Schade, daß wir so alt sind — die Kinder werden glücklich seyn und wir sehen es nicht lange mehr (kleine Pause, niemand bewegt sich)

Mad. Rubb. Wer weiß, wie lange wir noch so beysammen sind? — (eine größere Pause)

Obercomm. Lieben Leute, das wird meinem Herzen zu viel. Gott segne euch, seyd glücklich. Nun Herr Kollega, kommen sie an unser Geschäft. Das sag ich euch: wenn wir wiederkommen — und es spricht mir einer noch vom Tod und Sterben — den schicke ich fort! — Nun kommen sie. Nach der Arbeit ist gut ruhen. Diesen Abend wollen wir lustig seyn. (Er will immer gehn, seine Fröhlichkeit steigt aber und macht ihn wiederkommen) Madam — unter uns, ich habe von Musikanten gehört:

hört: Von einem alten Manne, der, wenn
darauf ankäme, keinen Spaß verdürbe, und von
einer braven lieben Frau, die ihm den Ehrentanz
nicht abschlüge — (ab mit Ruhbergs Vater)

Vierter Auftritt.

Madame Ruhberg, Louise, Secr. Ahlden.
(eine kleine Pause)

Mad. Ruhb. Lieber Sohn, was haben sie
vor einen würdigen Vater!

Louise. Jawohl.

Secr. A. Er ist von strenger Redlichkeit —
dann und wann zu gerade hin — aber gut wie
man nur gut seyn kann.

Louise. Habe ich nicht gut gewählt, liebe
Mutter.

Mad. Ruhb. Wohl hast du das! ihr Herr
Vater und ich, wir haben einander sehr verkannt.
— Ich fürchte, er wird mich noch oft verkennen.

Secr. A. Haben sie vergessen in welcher Er-
gießung seines Herzens er ihnen vorhin Gerechtigkeit wiederfahren ließ?

Mad. Ruhb. Ich möchte diese gute Meynung
so gern erhalten aber ach — das sind für euch so
glück-

glückliche Stunden, und ich kann euch meinen Kummer nicht verbergen —

Secr. A. (Ihre Hand küssend) Wollten sie das vor ihren Kindern?

Mad. Ruhb. Thränen zu eurer Freude!

Louise. Freude bey meiner Mutter Thränen?

Mad. Ruhb. — Wo ist er, was macht er?

Secr. A. Ich verstehe sie —

Louise. (geht hinaus)

Mad. Ruhb. Aber fühlen können sie es wahrhaftig nicht, was in mir vorgeht. Wo ist er, warum ist er nicht hier? Heut nicht? jetzt nicht? — Es muß etwas mit ihm vorgehen.

Secr. A. Was könnte —

Mad. Ruhb. Das ists eben — ich fühle alles, was seyn könnte, und zittre vor dem, was ist. Er liebt seine Schwester unbegränzt, und ist nicht da!

Secr. A. Vielleicht —

Mad. Ruhb. Er hatte obendrein versprochen da zu seyn, er hält sonst fest auf sein Wort (sehr bekümmert) und ist nicht da!

Secr. A. Wer weiß, ob nicht —

Mad.

Mad. Rubb. Nicht wahr — sie können nichts sagen —

Louise. (kömmt wieder)

Mad. Rubb. Ist er noch nicht da?

Louise. — Nein —

Mad. Rubb. — So viel Unruhe zu einer Zeit, wo jede Kleinigkeit, alles — auf das ganze Leben bestimmt. — Es gehet so vieles gegen meine Erwartung — ich hätte gern alles gut gemacht und habe alles schlimm gemacht. — Wie viele Aeltern sind in dem Fall, das erfüllt zu glauben, was sie für ihre Kinder wünschen — und wie wenige werden mir verzeihen.

Secr. A. Seyn sie gewiß die Thaten des Mannes, werden die Verirrungen des Jünglings verdunkeln.

Fünfter Auftritt.

Rubberg Sohn, Vorige.

Louise. Da ist er.

Rubb. S. — Komm' ich vielleicht zu spät?

Mad. Rubb. Es wäre zu spät, weil es nicht zu früh war — geschweige daß —

Rubb. S. Es ist mir leid; aber ich hatte unumgänglich auszugehen, und wurde an einigen

G   Orten

Orten sehr aufgehalten — war der Baron Ritau noch nicht da?

Louise. Nein.

Rubb. S. Nicht? — Sonderbar!

Mad. Rubb. Hast du noch nicht Antwort erhalten.

Rubb. S. Nein.

Mad. Rubb. Das dauert lange —

Rubb. S. Je nun — trösten wir uns mit dem Sprichwort —

Louise. Vor aller Eilfertigkeit wirst du des fremden Herrn nicht gewahr —

Rubb. S. Mein lieber Bruder (umarmt Ahlden, zu den andern) Wir haben uns schon gesprochen —

Mad. Rubb. Eduard, wenn du doch da gewesen wärst, du hättest einen fürtreflichen Mann kennen gelernt.

Rubb. S. Wen?

Louise. Meinen zweyten Vater.

Rubb. S. Ah — wo ist er und mein Vater — wo sind sie?

Mad. Rubb. Er war so zufrieden von deiner Schwester, so vergnügt, so gerührt, er hat Thränen vergossen. Wir wurden alle so schwermüthig,

thig, — die Sache fieng an eine so traurige Wen. dnng zu nehmen — das wurde dem guten Manne zu viel, auf einmal brach er ab, und — eines theils war es schon vorige Woche verabredet, dann auch — um sich zu zerstreuen — sie sind eben bey der Kassen-Uebergabe begriffen.

Ruhb. S. Mein Gott!

{ Mad. Ruhb. Was ists?
{ Louise. Was hast du?

Ruhb. S. (Schon gemäßigt) Bey der Kassen-Uebergabe, sagen sie?

Mad. Ruhb. Ja.

Louise. Warum findest du das so sonderbar?

Ruhb. S. Ey — denken sie nur selbst — heut — Geschäfte (mit Beziehung) es ist sehr sonderbar!

Secr. A. Ja, das ist so seine Art und Weise — es war vorige Woche auf heut bestimmt, und in seiner Zeitrechnung thut er sich allemal viel darauf zu Gute — wie er sagt: zwey Fliegen mit einem Schlage zu treffen.

Ruhb. S. (Ganz entfernt von den Uebrigen) O mein Gott!

Secr. A. Dagegen werden sie sehen, wie er heute lustig seyn wird, dem Jüngsten zum Possen.

— Wenn

— Wenn er seinen Dienst gethan hat, scheint es ganz ein andrer Mensch.

Sechster Auftritt.

Hofrath Walter, Hofräthin, Vorige.

Mad. Rubb. Schmälen muß ich mit ihnen lieber Vetter — so spät! — ist das freundschaftlich?

Hofrath. Die Schuld meiner Frau — noch eigentlicher aber, die liebe Gewohnheit ihres Geschlechts, nie mit dem Putz fertig zu werden!

Hofräthin. (zu Mad. R.) Ich habe Louisen mein herzliches Kompliment über ihre Wahl schon gemacht.

Hofrath. Ja — es wird ein glückliches Paar —

Secr. A. Die Prophezeihung kommt von einem glücklichen Paare.

Hofrath. Nun Cousin Eduard, warum so still —

Rubb. S. Die Folge eines stechenden Kopfschmerzens — weswegen ich auch auf mein Zimmer — (will fort)

Hofräthin. (ihn aufhaltend) Das glaubt ihr dem jungen Herrn auf sein Wort? — ich nicht. Es ist ihm zu still bey uns —

Rubb.

Ruhb. S. (ahndend) Es wird lebhafter werden!

Hofräthin. Indeß — ungerechnet des stechenden Kopfschmerzens, ungerechnet daß viele Damen über mich zürnen werden — ich rechne auf sie, als meinen Gesellschafter.

Ruhb. S. Sie werden schlechte Unterhaltung finden!

Hofrath. Du darfst stolz seyn, wenn du den Vetter eine Stunde behältst. Er ist als unbeständiger Gesellschafter bekannt (von innen wird etlich mal stark geklingelt).

Obercomm. (ruft) Zu Hülfe zu Hülfe.

Mad. Ruhb. Allmächtiger Gott.

Ruhb. S. Ich bin verloren.

Secr. A. Was ist —

Hofr. u. Hofräthin. Wer ruft.

Mutter, Tochter, Secret. Ahlden, laufen nach der Thüre — Ruhb. Sohn sieht ihnen gräßlich nach, Hofrath und Frau stehen erschrocken, niemand betrachtet Ruhberg Sohn, als sie an der Thüre sind, stürzt der

Siebenter Auftritt.

Der Obercommißär, Vorige.

Obercomm. (ihnen entgegen) Zurück! — Mein Sohn, den Arzt, schnell — den Arzt! — Mad.

Mad. Ruhb. Mein Mann — mein Mann?

Louise. Ach Gott mein Vater?

Obercomm. Lauf, um Gotteswillen — lauf!

Secr. A. (ab)

Mad. Ruhb. Was ist meinem Manne zuge-
stoßen? —

Oberc. Eine starke Ohnmacht — haben sie
Salz bey sich.

Mad. Ruhb. Ja doch — ja (will hinein)

Obercomm. Bleiben sie zurück!

Mad. Ruhb. Wie —

Obercomm. Es kann nicht seyn.

Mad. Ruhb. Ich sollte nicht — wie —

Obercomm. Das Salz her! — da Herr Hofrath — auf Pflicht und Eid ihres Dienstes, lassen sie niemand hinein. — Niemand, wer es
auch sey.

Louise. Mein Vater —

Hofrath. Aber —

Obercomm. Es geht nicht — hinein (er treibt
ihn hinein, Madam Ruhberg hält er ab und schließt zu)
So, Frau Hofräthin — wollen sie besorgen, daß
niemand aus dem Hause geht und ins Haus kommt
— als mein Sohn und der Doktor? Verhüten
sie alles laufen und fragen der Domestiquen. *

* (diese Scene muß sehr rasch gespielt werden)

Hofrä-

Hofräthin. (ab)

Mad. Ruhb. Um Gottes willen, warum soll ich nicht zu meinem Mann —

Obercomm. Still nur — still nur —

Louise. Laffen sie mich zu meinem Vater.

Obercomm. Madam, an der Kasse fehlen 5000 Rthlr. in Louisd'or.

{ Mad. R. Mein Gott.
{ Louise. Was sagen sie?

Ruhb. S. (fährt zusammen)

(Pause)

Mad. Ruhb. Sagen sie wahr?

Obercomm. Gezählt — gefehlt — gezählt und wieder gefehlt! — da lag ihr Mann wie todt zur Erde — ich sage wahr.

Ruhb. S. (verzweifelnd) Mein Vater — mein Vater! (rennt nach der Thür, kömmt zurück zum Obercommiffair) O laffen sie mich hinein, nur einmal noch ihn sehen, laffen sie mich hinein! — mein ganzes Leben für eine Minute bey meinem Vater! ich will seinen fliehenden Geist aufhalten — (er rennt an die Thüre wirft sich nieder) Vater, mein Vater, hörst du mich nicht?

Louise. Lebt er noch — o Gott, lebt er noch?

Ober

Obercomm. Still Kinder, schreckt den Mann
nicht auf! Zurück junger Herr — hieher! — nicht
gewinselt nicht geklagt; nicht geheuchelt; Rede
und Antwort!

Ruhb. S. Ja — ja.

Obercomm. Wo ist das Geld hin, Madam? —

Mad. Ruhb. Weiß ich —

Obercomm. Das frag ich sie, die weiß, was
im Hause vorgieng, die weiß, was außer dem
Hause aufgieng.

Achter Auftritt.

Secr. A. Vorige, hernach der Hofrath.

Secr. A. Der Doktor wird gleich hier seyn
— wie stehts? —

Louise. O schlecht!

Mad. Ruhb. Was haben sie gefragt? —
ich weiß es nicht. — Bey Gott ich weiß es nicht!—

Obercomm. (hämisch) Nicht? — Wollte
Gott ich müßte es nicht wissen! O du gutherziger
Thor — bist so oft betrogen, und wirst doch wie-
der gefangen!

Mad. Ruhb. Ach Gott, ich bin von mir-
ich zittre an allen Gliedern — helft mir doch aufstehen —

Secr.

Secret. und Louise. (helfen ihr)

Secr. A. Mein Gott, was ist denn vorge-
gangen? — reiß mich aus dieser Angst.

Obercomm. (der unterdessen auf und niederge-
gangen war, trocknet sich die Stirne mit dem Tuch)
Mich so in die Falle zu locken! Wartet ich will
euch das Spielchen verderben! Also zur Sache —
Es ist ein Hausdiebstahl, denn —

Secr. A. Was für ein Diebstahl?

Obercomm. Denn die Kasse ist nicht erbro-
chen noch beschädiget.

Secr. A. Was für eine Kasse?

Obercomm. Die Rentkasse, 5000 Rthlr. fehlen.

Secr. A. Heiliger Gott.

Obercomm. Also Madam , und sie junger
Herr, sagen sie mir; kann die Summe ersetzt werden? — so — so ists gut — so will ich nicht sehen,
was ich sehe.

Mad. Ruhb. Ach Gott, nein! — ja —
vielleicht. Bringen sie uns nicht zur Verzweiflung.

Hofrath. (aus dem Zimmer sehend) Still;
kein Geräusch, er fängt an sich wieder zu erholen.
(geht wieder hinein)

Obercomm. Also nicht ersetzt werden ? —
Gut! (gewaltsam an sich haltend) Es ist ein Haus=
Dieb,

Diebſtahl; ſagen ſie mir, auf wen ſie Vermu-
thung haben, ehe ich öffentlich unterſuche.

Mad. Ruhb. Wollen ſie uns ins Verderben
ſtürzen?

Obercomm. Zum letztenmale Madam — Ich
frage wahrhaftig zum letztenmale, vermuthen ſie
was? (ſtärker) Wiſſen ſie was?

Mad. Ruhb. So ſoll Gott nichts von mir
wiſſen!

Obercomm. O wünſchen Sie, daß er nichts
von Ihnen wüßte —

Mad. Ruhb. Wie wollen ſie —

Obercomm. Nein, ich kann nicht mehr — es
frißt mir das Herz ab. Mich ſo zu locken, mich
weich zu machen, um — Verdammt ſey mein
Herz — wenn ich euch nicht dafür züchtige.

Mad. Ruhb. Ach Gott, mein Herr ich
ſchwöre —

Obercomm. Da liegt der gute Mann, Er
ſoll das Opfer von Lügnern, Betrügern und Die-
ben ſeyn. Nein bey Gott, er ſoll nicht. Ich
will euch ſeine Ehre aus den Klauen reiſſen — ſeine Leiche ſoll in Frieden zur Ruhe kommen.

Secr. A. Aber mein Vater! — ich kann nicht
zu mir ſelber kommen.

Ober-

Obercomm. Da sieh hin — sieh den Teufel an, dem stehts auf der Stirne, was die Rabenmutter verläugnet.

Mad. Ruhb. Gerechter Gott! —

Obercomm. Sie habens! —

Mad. Ruhb. Ich?

Obercomm. Sie — sie sie! Ich will es schreyen, bis ihr gottloses Gewissen erwacht.

Louise. Arme Mutter —

Secr. A. Mein Vater —

Ruhb. S. Ich bins —

Mad. Ruhberg. Was?

Louise. Grosser Gott!

Obercomm. So?

Secr. A. Ich ahndete es.

Ruhb. S. — Ja ich bins! ich bin vom Schicksal hingetrieben; ich bin bey den Haaren hingerissen — ich bin vom Teufel hingeführt. Ergehe über mich was die Gerechtigkeit will, der Fluch des Vaters und der Mutter — ich bins!

Louise. Weh uns!

Secr. A. (zu Mad. Ruhberg). Mein Gott, wie ist ihnen? — reden sie doch!

Mad. Ruhb. Niederträchtig handelt mein Blut nicht. (zum Obercomm.) Lassen sie ihn hinführen, wo sie wollen — er ist mein Sohn nicht

— er

— er werde ein öffentliches Opfer der Gerechtigkeit, mich kostet es keine Thräne.

Obercomm. Mich führt ihr nicht an! — Sie kannten die Gesellschaften, die er frequentirte, sie wußten seine Ausgaben — sie haben auch um das gewußt.

Mad. Ruhb. Ueber ihren niedrigen Angriff bin ich erhaben! — Sie zertreten mich elende Mutter — Gott hüte sie für Reue.

Obercomm. Lachen sie Madam — den Muth nicht verlohren! — Sie haben ihn erzogen, sie haben das stolze Herz erzogen, lachen sie —

Secr. A. Mein Vater, um Gottes willen Mäßigung, lassen sie uns die Sache verbergen!

Neunter Auftritt.

Die Hofräthin führt den Doktor durchs Zimmer ins Kabinet. Vorige.

Obercomm. So? hast du auch darum gewußt? haben sie dich durch Liebe bestochen. Habt ihr mich zum Opfer des Komplots machen wollen.

Secr. A. Mein Gott wie kommen sie auf den Gedanken.

Louise. Bester Vater, verkennen sie uns denn ganz?

Ober-

Obercomm. Schwiegervater meynt ihr, muß Eyd und Pflicht vergessen? — Gut, mich sollt ihr nicht überlistet haben! — Ich kaßire die Heyrath.

Secr. A. Nimmermehr — sie wollten — Louise. O Gott.

Obercomm. Ich kaßire die Heyrath!

Secr. A. So wahr Gott lebt, diese Verbindung ist fest.

Mad. Rubb. Meine unschuldige Tochter!

Obercomm. Ich will keine Verbindung mit stolzem Diebsgesindel.

Mad. Rubb. (fällt entkräftet in einem Sessel)

Rubb. S. Herr, beschimpfen sie mich, — martern sie mich — morden sie mich — Ich verdiene alles — aber wenn sie meine Mutter ferner mißhandeln, Herr, zittern sie.

Louise. Bruder, Bruder!

Rubb. S. Ich habe nichts mehr zu verlieren.

Obercomm. Brav, brav, thue als ob du ehrlich wärst — brav!

Rubb. S. Sagen sie mir, was sie wollen, wenn sie meine Mutter mißhandeln, so

achte

ächte ich nicht meines Verbrechens , nicht ihres
Alters —

Secr. A. Rasender ! —

Ruhberg S. Ich vergesse mich, die Welt,
alles. Bey ihren grauen Haaren schleife ich sie zu
den Füssen meiner Mutter.

Secr. A. Kein Wort mehr gegen meinem
Vater , oder die Geschichte nimmt ein blutiges
Ende.

Louise. (hält ihren Bruder ab) Karl führe
deinen Vater weg —

Obercomm. Ich will gehen — hängen sollst
du nicht, aber —

Mad. Ruhb. (springt auf und umfaßt ihn) Um
des barmherzigen Gottes willen !

Obercomm. Aber meinen letzten Heller ver-
mache ich für deine Versorgung im Zuchthause,
Mörder ! (reißt sich los und geht)

Zehnter Auftritt.

Ruhberg Vater, vom Hofrath und Doktor geführt.

Ruhb. V. (ist entkleidet, vom Doktor geführt tritt
in die Thüre) O meine Kinder.
(Hier muß der Vorhang schon im Fallen seyn.)

Ruhb.

Ruhberg Sohn. (stürzt vor seinem Vater nieder, den die Mutter in ihren Armen hält)
Mein Vater, verfluchen sie mich nicht.

Secret. Ahld. Bleiben sie Vater (ab)

Louise. (ihm nach) Karl rette uns!

Ende des vierten Aufzugs.

———————— ————————

Fünfter

++++++++++++++++++++++++++

Fünfter Aufzug.

Erster Auftritt.

(Zimmer des alten Ruhbergs)

(Im Hintergrunde steht ein Koffer, halb gepackt, einige Kleider hängen auf Stühlen, Madam Ruhberg will nach dem Kabinet ihres Mannes, Louise kömmt heraus und führt sie vor)

Louise. Wohin wollen sie?

Mad. Ruhberg. Zu ihm zu ihm! —

Louise. Schonen sie seiner, er hat sich kaum erholt.

Mad. Ruhberg. Grausames Kind, du reissest mich vom ihm!

Louise. Um ihrer Ruhe willen.

Mad. Ruhberg. Ruhig — ich ruhig? Ja wenn ich leiden könnte für ihn, wenn es ein Mittel gäbe für meine Schuld zu büssen! (Sie reißt sich los und geht an die Thüre) Es ist verschlossen — ach er hat sein Herz vor mir verschlossen.

Louise. Der Doktor wird verschlossen haben, wir sollen ihn etwas ruhen lassen. Ach mein ar-

mer

mer Vater leidet auch für sie. Nicht einen Vorwurf hat er ihnen gemacht.

Mad. Ruhb. Nein — o nein! Jeder Blick
war Liebe und Güte; um Ehre und Leben hab'
ich ihn gebracht — und jeder Blick war Liebe und
Güte.

Louise. Liebe Mutter, gehen sie wieder auf
ihr Zimmer.

Mad. Ruhb. Wird mir dort leichter seyn?
wird mein Gewissen mir dort weniger sagen?

Louise. Ach, er hört sie doch nicht — hört
doch ihre Klagen nicht!

Mad. Ruhb. Er muß sie hören — wird

Louise. Ich bitte sie.

Mad. Ruhb. Ich habe ihn elend gemacht.
Ich habe ihn zwiefach gemordet. Stilles Dulden
ist seine Rache und Verzeihung sein Fluch. O! daß
er hart wäre — grausam — (wehmüthig) War er
denn nie hart gegen mich? — war er nie? —
Nein, nie! niemals! O daß er meiner Reue spot-
tete, meiner Thränen lachte, daß er zu seinen Füssen verzweifelnd mich von sich stieße —

Louise. Liebe Mutter, ihr Jammer vergrös-
sert sein Elend. —

Mad. Ruhb. Ich schwur, jedes Leid mit
ihm zu theilen bis in den Tod. Auch diesem theu-

H   ren

ren heiligen Rechte will ich entsagen — er soll mich
von sich stoßen, ins Elend — er soll sie der Gerechtigkeit hingeben, die Mörderinn seines Lebens, seiner Ehre.

Louise. Ich verzweifle noch nicht an Hülfe;
der Baron ist noch nicht zurück; der alte Ahlden
wird sich erweichen lassen.

Mad. Ruhb. O nimmer, nimmer, du siehst
ja, er kömmt nicht zurück.

Louise. Karl wird seinen Vater nicht verlassen, bis er uns rettet — ich kenne sein Herz.

Mad. Ruhb. Der Baron ist nicht zu finden
— (die Hände ringend umher) wir sind verloren —
wir sind verloren. Wenn es bekannt wird —
Mann oder Sohn dem schändlichsten Tode — Es
ist aus — alles ist vorbey — Dieß Haus gehet zu
Ende!

Louise. Um unsrer Glückseligkeit willen —
fassen sie sich!

Mad. Ruhb. Glückseligkeit? — Hofnung?
Das ist vorbey gutes Kind, auch dein Glück hat
abgeblühet; bist du nicht meine Tochter? Die
Schwester des Diebes? Eine Schmach ruhet auf
allen. Du warst Braut — Du bist es nicht mehr.
Unglück trennt Verwandte und Liebe.

Loui-

Louiſe. Thun ſie ſeinem Herzen nicht weh. Meine Rechte auf ihren Kummer ſind auch ihm heilig.

Mad. Ruhb. Verachten wird er mich — wer achtet auf die Thränen einer unglücklichen Mutter! Armes Mädchen, du ſtandſt auf dem Gipfel der Glückſeligkeit — ich habe dich zurück geſtoßen. Elend laſſe ich dir zum Erbtheil; in einem dürftigen verachteten Alter wirſt du deine Mutter verfluchen!

Louiſe. Nie, o nie! — ich entſage allem, ich will ſie nicht verlaſſen. Ich will ihres Alters pflegen. Bin ich denn ihre Tochter nicht? Können die Thränen ihrer Louiſe denn gar nichts erleichtern? Nichts kann ich mit ihnen theilen, als mein Herz — o liebe Mutter verachten ſie es nicht?

Mad. Ruhb. Das ſagſt du mir? Du, die ich hintangeſetzt habe, biſt meine Stütze, da mich alles verläßt? (Chriſtian kömmt aus dem Kabinet, ſie ſieht es, und geht ſchnell hinein) Gott mache dich zu einer glücklichern Mutter als ich bin.

Zweyter Auftritt.

Chriſtian, Louiſe.

Louiſe. Iſt mein Vater erwacht?

Chriſtian. Gleich wie ſie hinaus waren. — Der Doktor hat mich ſchon ein paarmal gefragt:

H 2 „ Was

„ Was denn im Hause vorgienge, warum der al-
„ te Herr so erschrocken wäre „

Louise. Er hat ihm doch nicht gesagt —

Christian. Ey behüte! — „ Es wären Nach-
„ richten von der Madam ihren Bruder aus Ber-
„ lin eingegangen „ sagte ich: — „ von einem
großen Unglücksfall, das habe ich auch den Leuten
im Hause gesagt.

Louise. Wenn doch der Sekretair da wäre!
— schicke er gleich wieder hin.

Christian. Erlauben sie, das macht Aufse-
hen. Nach dem alten Obercommissair ist auch
schon dreymal geschickt; er ist aber nicht zu finden.
— Wenn es nur hier nicht immer so unruhig wäre. — Der Herr ist etlichemal sehr erschrocken,
als er der Madam ihre Stimme hörte; wir haben
ihn in das Eckzimmer gebracht; dort hört er doch
nicht was hier vorgeht.

Louise. Wenn mein Bruder wiederkömmt,
sage er ihm, daß mein Vater ihn jetzt durchaus
nicht sprechen kann. (ab ins Kabinet)

Christian. — Ich weiß schon. — Ich habe
es wohl gesehen wie — (packt am Koffer) Wundern soll michs, wo das hinaus will? — Daß ich
das in dem Hanse noch erleben muß!

Drit-

Dritter Auftritt.

Chriſtian, Ruhberg Sohn.

(In Weſt und Beinkleidern des reichen Kleides, einen Oberrock oder ſimpeln Frack darüber, geſtiefelt — geht gerade auf das Kabinet zu — da er es aber verſchloſſen findet, nach einigem heftigen Umhergehen) Chriſtian!

Chriſtian. Was befehlen ſie?

Ruhb. S. Haſt du meinen Vater geſehen?

Chriſtian. — Ja —

Ruhb. S. Was macht er?

Chriſtian. Ach! —

Ruhb. S. Sah er noch ſo blaß aus?

Chriſtian. — Leider — ja —

Ruhb. S. Schien er nicht etwas mehr Kräfte zu haben?

Chriſtian. — Nein, wahrlich nicht! —

Ruhb. S. Was ſagt der Doktor?

Chriſtian. Ach Gott fragen ſie mich nicht — (geht wieder zu dem Koffer)

Ruhb. S. Was machſt du da! — was packſt du da? — Das ſind ja meine Sachen! — Wozu das?

Chriſtian.

Chriſtian. Weiß nicht — der Herr hat mir
es befohlen — ich ſoll mich eilen.

Ruhb. S. Weißt du nicht weswegen?

Chriſtian. Gar nicht.

Ruhb. S. Hat es dir mein Vater ſelbſt befohlen?

Chriſtian. Ja.

Ruhb. S. War er zornig, als er dir es
ſagte?

Chriſtian. Gar nicht. — „Bring alles Ge-
wehr weg auf mein Zimmer, verſchlieſſe das Haus
und packe meines Sohnes Sachen ein „ — als er
das geſagt hatte drehte er ſich um — ich hatte ihm
eben nichts angemerkt—der Doktor ſaß in der Ecke
an dem großen Glasſchranke — er gieng mit gefal-
tenen Händen ruhig die Stube auf und ab — ich
gehe, — auf einmal höre ich ihn ſchluchzen — ich
— ich drehe mich um — „ Chriſtian „ — ſagte
er zu mir: — „ ſag ihm, er ſolle die Hand nicht
an ſich ſelbſt legen. —

Ruhb. S. (wirft ſich in einen Stuhl)

Chriſtian. Dann trocknete er ſich die Augen,
und ſagte ganz freundlich — „ Geh mein guter
Chriſtian „ ! — Ach es war ein Anblick zum Erbarmen.

Ruhb.

Ruhb. S. (springt auf) Ich muß ihn sprechen —

Christian. Um Gottes willen nicht —

Ruhb. S. Was willst du?

Christian. Er hats verboten, er will sie
nicht sprechen.

Ruhb. S. Ich muß ihn sprechen — ich kann
es nicht länger aushalten — ich muß — (er geht hin)

Vierter Auftritt.

Vorige, Baron Ritau.

Baron. Ah — mein Freund —

Ruhb. S. (kehrt zurück) Ha, endlich, endlich! Christian laß uns allein.

Christian. (ab)

Baron. Ich bedaure, die Zeit wird ihnen
lang geworden seyn.

Ruhb. S. Nun sind sie ja da. Geschwind
— woran bin ich?

Baron. Aber — sie sind ja so zerstreut —

Ruhberg S. Lassen wir das —

Baron. Es ist als ob ihre Gesichtszüge nicht
mehr dieselben wären.

Ruhberg S. Nun wie stehts, haben sie
Antwort bekommen?

Baron. Ich habe sie, aber —

Ruhb. S. Sie haben? — her damit, her —

Baron. (ängstlich und gutherzig) Aber sagen sie mir nur, wie sich das mit —

Ruhberg S. Die Antwort — die Antwort.

Baron. Ihrer Schwester Heyrath so schnell gemacht hat.

Ruhberg S. Die Antwort!

Baron. Ich fürchte —

Ruhb. S. Die Antwort — Herr wollen sie mich rasend machen — heraus damit.

Baron. (sehr verlegen) Womit? —

Ruhb. S. Mit dem Billet — der Antwort!

Baron. Sie ist eines theils mündlich —

Ruhb. S. Mündlich! — so! — Nun? —

Baron. Sehen sie — sie müssen die Sache nur aus dem rechten Lichte betrachten. Erstlich wissen sie — das Fräulein ist delikat — sehr delikat — und da mag eben ihrer Schwester Heyrath beygetragen haben, daß — daß — daß —

Ruhb. S. Weiter —

Baron. Vor allen Dingen — aber was ich doch fragen wollte, hatten sie bey Reichbergs gesagt, daß sie den bestellten reichen Stoff dem Fräulein zum Geschenke bestimmten?

Ruhb.

Ruhb. S. Nein nein! — nun — vor allen
Dingen? —

Baron. Vor allen Dingen muß ich ihnen sagen, daß einige Creditoren dort waren —

Ruhberg S. Dort waren? —

Baron. Dort waren, und Bezahlung suchten. Das Fräulein hat unter andern den reichen
Stoff selbst behalten, weil der Ladendiener merken ließ, daß sie ihn für das Fräulein bestellt hätten. Auch hat sie hier diesen Wechsel von 50
Rthlr. an eine alte Wittwe bezahlt, welche sich
dort im Hause sehr insolent aufführte. Sie über-
schickt ihnen hier denselben. (Er will Ruhberg den
Wechsel übergeben, dieser ohne ihn zu nehmen hört ihn
erstarrt zu) Bester Freund, ich leide für sie —

Ruhb. S. Weiter!

Baron. Hier dieses Billet — aber

Ruhb. S. Geben sie her — (er bricht) „Mon-
„ sieur. Der Herr Baron von Ritau hat mir —
(entkräftet und ahndend) O lesen sie, lesen sie
weiter —

Baron. „ Monsieur, der Herr Baron von
„ Ritau hat mir ihr Billet übergeben. Anlan-
„ gend ihre Proposition — so ist es mir unbegreif-
„ lich, wie sie nur daran denken können. Ich

H 5 wußte

„ wüßte nicht, daß ich etwas gethan hätte, was
„ sie zu dieser Hofnung verleitet hätte.

Ruhb. S. Wüßte sie nicht — sie wüßte nicht!
— Das ist nicht wahr Herr, das steht nicht da!—

Baron. Leider steht es da.

Ruhberg S. Nein, nein es ist nicht wahr,
(sieht hinein und taumelt fast im Zimmer herum) und
wenn alle — jeder — Gott, Gott das ist zu viel:
— Weiter, weiter! —

Baron. „ Eine unschuldige unbedeutende Ga-
„ lanterie berechtigte sie nicht zu der Hofnung ei-
„ ner Mesalliance. Ihr Desastre im Spiel wird
„ täglich bekannter, und giebt zu seltsamen Mey-
„ nungen Anlaß. — — Meine Ehre befiehlt mir
„ sie zu bitten, mein Haus ferner nicht zu be-
„ suchen.

Ruhberg S. (wirft sich in einen Stuhl)

Baron. „ Ich rathe ihnen, das Spiel zu
„ abandoniren, denn sie haben keine Contenance.
„ Uebrigens wünsche ich ihren Affairen die beste
„ Tournure. Dem Herrn Baron Ritau werden
„ sie gefälligst meine Briefe und Portrait ein-
„ händigen.

Ruhb. S. — Ist das alles?

Baron. (mitleidend) — Ja —

Ruhb. S. Nicht wahr — es ist ihr Spaß?

Baron.

Baron. Was?

Ruhb. S. Hm — das? — Alles was sie gesagt haben.

Baron. Leider — es ist Ernst.

Ruhb. S. Nicht wahr, sie haben ein anders
Billet von ihr noch bey sich?

Baron. Wahrlich nicht, ich —

Ruhb. S. Geben sie her —

Baron. Wollte Gott, ich hätte es —

Ruhb. S. Geschwind! — nun! — O um
Gottes willen geben sie her —

Baron. Ja ich habe —

Ruhb. S. Sie haben — o sehen sie (ihn küssend) sehn sie mein Herz sagte mirs ja wohl.

Baron. Lassen sie mich ausreden.

Ruhb. S. Nein doch, nein, nur her!

Baron. Sie täuschen sich gewißlich — hören
sie doch: Als ich von ihrer Situation mit ihr
sprach, schien sie — wer weiß — sie war auch vielleicht gerührt.

Ruhberg S. O sie wars, sie war es gewiß!

Baron. Sie gieng an ihrer Chatouille und
gab mir dieses.

Ruhberg S. (freudig) Nun weiter —

Baron. — Es ist für sie —

Ruhberg.

Ruhberg S. (ohne zu errathen) Wozu?

Baron. Zu einigem Soulagement ihrer Situation — Es thäte ihr leid — aber sie könnte vor der Hand nicht mehr thun.

Ruhb. S. (wie vom Schlage getroffen) Was?

Baron. Schicken sie es zurück —

Ruhberg S. (der auf das Papier sieht und es nimmt) 20 Louisd'or? Mir? — mir 20 Louisd'or?

Baron. Bester Freund!

Ruhb. S. Für eine zu grunde gerichtete Familie — 20 Louisd'or?

Baron. Schicken sie es zurück.

Ruhb. S. Für einen ermordeten Vater, 20 Louisd'or?

Baron. Um Gottes willen schonen sie sich.

Ruhb. S. Für eine gestohlne Seeligkeit, 20 Louisd'or! Gut, ich will hin! (sucht den Hut)

Baron. Was?

Ruhb. S. Ich will quittiren über diese Summe!

Baron. Sie werden doch nicht —

Ruhb. S. (hat den Hut gefunden) Kommen sie — wir wollen Rechnung halten!

Baron. (umfaßt ihn) Bleiben sie, ich bitte sie um Gottes willen!

Ruhb.

Rubb. S. Buhlerinn — verfluchte Buhlerinn, so mit meinen Hofnungen zu spielen. Teufel — Teufel — so zu locken — mich bis an die Hölle zu locken! — Rache! Rache!

Fünfter Auftritt.

Vorige, Mad. Ruhberg.

Mad. Ruhb. Was gehet hier vor? — Ah Herr Baron!

Baron. Madam, ich übergebe ihnen hier ihren Sohn.

{ Mad. Ruhb. Was ist denn vorge —
  Ruhb. S. Lassen sie mich!

Baron. Er darf jetzt nicht ausgehen, ich beschwöre sie, halten sie ihn auf. (ab)

Sechster Auftritt.

Madam Ruhberg, Ruhberg Sohn.

Ruhb. S. Lassen sie mich, ich lechze nach Rache! ich will Rache haben zum Schauder für jeden weiblichen Teufel, der mit der Seligkeit eines Mannes spielt.

Mad. Ruhb. Betrogen von ihr? —
Ruhb. S. Schändlich, fürchterlich!

Siebenter Auftritt.

Louise, Vorige.

Louise. (aus dem Kabinet kommend) Eduard, deine Stimme hat deinen Vater erschreckt — er zittert an allen Gliedern —

Rubb. S. Ach mein Vater! —

Louise. Geh auf dein Zimmer.

Rubb. S. Kann ich? — kann ich? —

Louise. Er will dich sprechen, er will dich rufen lassen — sammle dich — sey nicht so heftig — ich bitte dich um Gottes willen (sie führt ihn fort)

Rubb. S. (indem er sich fortführen läßt) Geleugnete Betheurungen, gelogne Liebe — Bösewicht! Vatermörder! (er geht) Verachtung, Verzweiflung und keine Rache!! (ab mit Louisen)

Mad. Rubb. (man sieht ihr während dieser Sicene, stumme Verzweiflung an, ahndet einen großen Entschluß) Der letzte Streich — das vollendet!

Achter Auftritt.

Fiscal, Mad. Rubb.

Mad. Rubb. Mein Herr —

Fiscal. (verlegen) Madam —

Mad. Rubb. Ihr Besuch —

Fiscal.

Fiscal. Betrifft eine — Angelegenheit die —

Mad. Rubb. Eine Angelegenheit.

Fiscal. (sich umsehend) O Madam!

Mad. Rubb. Nun? —

Fiscal. — Der Rentmeister, — ich spräche gern einige Worte mit dem Herrn Rentmeister.

Mad. Rubb. Verzeihen sie — nicht aus Neugierde, aber mein Mann ist seit einiger Zeit nicht recht gesund — wenn sie ihm also etwas unangenehmes zu hinterbringen hätten — Vielleicht in seinen Dienstangelegenheiten etwas das.—

Fiscal. Ist der Herr Rentmeister zu Hause?

Mad. Rubb. Ja — der Dokter ist bey ihm — wenn sie etwas zu sagen haben, das ihm Verdruß machen könnte, so vertrauen sie mir es an.

Fiscal. Ich sollte nicht — aber —

Mad. Rubb. Nun mein Herr —

Fiscal. Madam, ich darf ihnen die Ursache meines Hierseyns nicht länger verschweigen. Der Himmel ist mein Zeuge, ich wünschte sie zu schonen — aber — sie müssen es an mir merken — daß mich etwas außerordentliches herführt.

Mad. Rubb. (setzt sich entkräftet) Ach Gott—

Fiscal. Ists möglich? — so ist es andem?

Mad. Rubb. (sich fassend) Was?

Fiscal.

Fiscal. Verhehlen sie es nicht länger, ich bitte sie — ich muß kurz seyn.

Mad. Ruhb. — Sie sind — es ist — ach! mein Herr.

Fiscal. — Ich muß eilen, verzeihen Sie, meiner Pflicht. Sr. Excellenz haben heute Mittag bereits vernommen, als ob — in ihrem Hause — als ob mit der Kasse ein Unglück sich zugetragen habe. Zufolge geschärften königl. Mandats, muß bey dem mindesten Gerücht ohne Aufschub zur Untersuchung geschritten werden. Der alte Obercommissair ist nicht zu finden. Also ich bin (Er zeigt ein Papier vor) bevollmächtiget, die Kasse zu übernehmen.

Mad. Ruhb. Mein Herr —.

Fiscal. Ist es denn würklich andem?

Mad. Ruhb. (nach einer Pause, sehr entschlossen) Ja, mein Herr.

Fiscal. An dem? — Das ist schrecklich — so ein Haus — so ein Mann! und das muß mich treffen! Glauben sie mir Madam — ich habe Gefühl für ihre Lage und wollte — aber — vergeben sie mir — bedauren sie mich — sie kennen unsre strengen Gesetze — ich muß den Notar rufen; ohne Aufschub führen sie uns zu ihrem Herrn Gemahl!.

Mad.

Mad. Rubb. (die ihn mit ſtiller Verzweiflung
anhöret) O nein, mein Herr, das iſt unnöthig —

Fiscal. Ich bin von der Redlichkeit ihres
würdigen Mannes ſo überzeugt als ſie; aber ſein
eigner Vortheil will die Beſchleunigung der Unter-
ſuchung. Führen ſie mich zu ihm.

Mad. Rubb. Erlauben ſie —

Fiscal. Madam ich darf mich nicht aufhalten
laſſen.

Mad. Rubb. Ich habe ihnen etwas zu ſagen,
das zur Sache gehört.

Fiscal. Nun dann —

Mad. Rubb. Der Verluſt beträgt 5000
Rthlr. — der Reſt iſt verſchloſſen. Der Arzt iſt
bey meinem Manne — er war erſchrocken — ſein
Leben war in Gefahr — er iſt ſchwach, ſehr
ſchwach — verſchonen ſie ihn mit dem Schrecken
ihrer Gegenwart —

Fiscal. Herzlich gerne wollte ich, allein —

Mad. Rubberg. Hören ſie weiter. Man
weiß bereits den Thäter und ich will ihn nennen.

Fiscal. So? Geſchwind! —

Mad. Rubb. Vorher beantworten ſie mir
eine Frage.

Fiscal. Ich erwarte ſie —

Mad.

Mad. Ruhb. Halten sie mich für eine Frau
von Ehre?

Fiscal. Madam —

Mad. Ruhb. Ja oder nein?

Fiscal. Ja — mein Gott ja!

Mad. Ruhberg. Glauben sie zum Beyspiel,
daß der Drang von Verhältnissen und Begeben-
heiten, den sanftmüthigsten Menschen zum wü-
thendsten Teufel machen können?

Fiscal. Ja — aber — ich sehe nicht ein —

Mad. Ruhberg. Wenn also ein Mensch, dessen Verträglichkeit ihnen stets schätzbar war — auf
einmal ein Mörder wird — werden sie ihn hassen
oder bedauren.

Fiscal. Ich weiß nicht Madam, wie.

Mad. Ruhberg. Würden sie ihn bedauren
oder hassen?

Fiscal. Bedauern würde ich ihn, aber?

Mad. Ruhb. Ja — würden sie? bedauren?
— würden sie das? — — — Ich entwendete meinem Manne diese 5000 Rthl. (Pause)

Fiscal. — Madam —

Mad. Ruhb. Sie wundern sich?

Fiscal. — Madam —

Mad.

Mad. Rubb. — Laffen fie uns nicht hier verweilen — Kommen fie wo ich hingehöre?

Fiscal. Madam, wiffen fie was fie gefagt haben.

Mad. Rubb. Ich weiß — kommen fie —

Fiscal. Mein Gott, wie find fie — wiederholen fie mir — ift es wahr?

Mad. Rubb. Peinigen fie mich nicht länger — kommen fie —

Fiscal. Um Gottes willen — fie können den Schritt nicht wieder zurückthun.

Mad. Rubb. Ich weiß es.

Fiscal. Ihr Leben ift in Gefahr —

Mad. Rubb. Ich weiß auch das — kommen fie — ich will mit ihnen gehen. Ich folge ihnen geduldig — fie brauchen keine Wache — wir nehmen einen Mithwagen — und fie liefern mich dem Gerichte.

Fiscal. Kann denn die Summe nicht erfetzt werden?

Mad. Rubb. Nein —

Fiscal. Aber, wollen fie denn nicht erft ihren Mann fprechen.

Mad. Rubb. Nein. Nur aus dem Gefängniß werde ich ihm fchreiben.

Fiscal. Wie; fie wollen ihn nicht erft fprechen? Ihre Kinder —

J 2   Mad.

Mad. Rubb. Nein, nein — ich muß eilen, daß ich sie nicht sehe — kommen sie, sie wissen, daß sie mich nicht schonen können. Ich erleichtere ihnen ihre Pflicht. Kommen sie.

Fiscal. Sie müssen diese Aussage vor dem Notarius thun, unterschreiben — er ist da — ehe thue ich keinen Schritt in der Sache.

Mad. Rubb. Ist das durchaus nöthig?

Fiscal. Durchaus —

Mad. Rubb. Gut, wir wollen das auf meinem Zimmer in Ordnung bringen — und dann gehen.

Fiscal. Unglückliche Frau.

Mad. Rubb. Kommen sie —

Neunter Auftritt.

Seret. Ahlden, Vorige.

Secret. (eilig) Ist mein Vater nicht hier?

Mad. Rubb. Nein.

Secr. A. (bey Seite) Auch nicht hier gewesen —

Mad. Rubb. Nein.

Secr. A. Ich bin ausser mir! — alle Mittel uns zu retten, schlagen fehl —

Mad.

Mad. Ruhb. Sagen sie meinem Sohne, daß er fliehe — schnell Augenblicks — trösten sie meinen Mann. — Kommen sie mein Herr! (zum Fiscal etwas leiser) Lassen sie uns die guten Leute zur Ruhe bringen (ab)

Secr. A. Trösten soll ich dich, und habe selbst keinen Trost als Verzweiflung.

Zehnter Auftritt.

Secr. Ahlden, Louise, hernach Christian.

Louise. Bist du da? Bringst du uns Rettung?

Secr. A. Ach! —

Louise. Keine Rettung? So ist es aus mit uns, wir sind verloren!

Secr. A. Was macht dein Vater?

Louise. Leidet, und ist dem Tode nahe. Meine Mutter ist in Verzweiflung — Eduard wage ich keine Minute zu verlassen (Im Kabinet des alten Ruhbergs wird geklingelt) Mein Vater ruft — erwarte mich hier.

Ahlden. Keine Aussicht — gar keine — unmenschlicher Vater du stürzest sie —

Christian. Ihr Herr Vater schickt, sie sollten gleich nach Hause kommen und auf ihn warten —

J 3   Ahlden.

Ahlden. Auf ihn warten, und jede Minute
ist unschätzbar, wie kann ich? — dort — ja ja ich
will gleich kommen — (Christian ab)

Louise. (kommt erschrocken aus dem Kabinet)
Ach Gott!

Ahlden. Was ists?

Louise. Er will ihn sprechen —

Secr. A. Wen?

Louise. Meinen Bruder.

Secr. A. Hat er ihn noch nicht gesprochen?

Louise. Nein, der Doktor hats verboten.
Ach ich zittre vor dieser Zusammenkunft, sie ist
meines Vaters Tod. Er fährt zusammen, wenn
er nur seinen Namen nennen hört. Ich will ihn
rufen, ich darf nicht weit bleiben. — Mein Vater fürchtet sich für den Jammer meiner Mutter.
Geh du zu ihr, und sprich ihr Trost zu.

Secret. A. Ich soll meinen Vater zu Hause
erwarten. Ich darf nicht hier bleiben. Fasse
Muth, ich will thun, was Liebe und Verzweiflung mir eingeben (ab)

Louise. Der Seegen der Liebe begleite dich(ab)

Eilfter Auftritt.

Christian (allein)

Das hätte mir einer vorhersagen sollen, als
ich in das Haus trat, daß es so ein Ende nehmen
würde

würde — (schließt den Koffer zu) Wer weiß, wo
du noch hinkommst? Wer dich auch auspackt, so
redlich meynt er es wahrlich nicht mit meinen unglücklichen Herrn, als ich.

Zwölfter Auftritt.

Der Doktor, Voriger.

Der Doktor. (kommt aus dem Kabinet) —
Christian, lasse er das Recept machen. Ich bleibe unten im Hause, und wenn seinem Herrn etwas
zustossen sollte, so rufe er mich.

Dreyzehnter Auftritt.

Vorige, Ruhberg Sohn.

Ruhb. S. Herr Doktor, was macht mein
Vater?

Doktor. Er ist matt — sehr matt.

Ruhb. S. Glauben sie daß der Schreck tödt-
liche Folgen haben könnte?

Doktor. Im Anfange war ich sehr besorgt
wegen der anhaltenden Krämpfe — sie haben aber
nachgelassen, und wenn keine heftige Gemüthsbe-
wegung mehr nachkömmt (der alte Ruhberg klingelt,
Christian geht hinein) so glaube ich, daß wir nichts
zu befürchten haben. Aber — ich begreife nicht,

wie

wie ihr Herr Vater an dem Unglück von einem Schwager so gefährlichen Antheil nimmt.

Chriſtian. (ju Ruḅḅ. S.) Ihr Herr Vater wird gleich hier ſeyn.

Doktor. Er hat mit ihnen ju ſprechen — ich werde indeß noch etwas im Hauſe bleiben. (ab)

Ruḅḅ. S. (geht verjweifelnd umher)

Chriſtian. (jieht den Schlüſſel vom Koffer) Da mein Herr.

Ruḅḅ. S. Wozu das? —

Chriſtian. Ihr Herr Vater hat es mir ſo befohlen (ab)

Ruḅḅ. S. Er wird kommen — in dieſem Leben habe ich keinen ſolchen Augenblick mehr ju gewarten — Er kommt — Gott ſteh mir bey!

Vierzehnter Auftritt.

Ruḅḅerg Vater, (kommt ſehr langſam herunter)

Ruḅḅ. S. (ſieht jur Erde nieder, und ſtürjt daun ju ſeinen Füſſen) Erbarmen — Vergebung!

Ruḅḅ. V. Steh auf — ſieh mich an.

Ruḅḅ. S. (wendet ſich weg)

Ruḅḅ. V. Sieh mir ins Geſicht!

Ruḅḅ. S. (hebt den Kopf furchtſam auf, und läßt ihn gleich wieder ſinken)

Ruḅḅ.

Ruhb. V. Du kannst mich nicht ansehen — sieh so wird von nun an, das Gesicht jedes ehrlichen Mannes dich blenden.

Ruhb. S. O Gott!

Ruhb. V. Gräßlich bist du mit mir umgegangen — alle Freuden der Welt vermögen nicht, mir die Lebenskraft wiederzugeben — die du heut von mir genommen hast.

Ruhb. S. Weh über mich!

Ruhb. V. Für meine Angst an deinem Krankenbette, für durchweinte Nächte, für jede Entsagung, für frühe graue Haare — für alle Vatersorgen — hättest du mich heute belohnen können, dann stünde ich hier vor dir und freuete mich meines glücklichen Alters — meines gehorsamen Sohnes — Nun stehe ich hier vor dir, mißhandelt von deiner Ueppigkeit und jammre über ein dürftiges, schändliches Alter.

Ruhb. S. Wahr — Schrecklich wahr! Verstoßen sie das Ungeheuer, das für alle ihre Liebe mit Undank und Laster ihnen lohnte. Verfluchen sie mich!

Ruhb. V. Denkst du das von mir — Unglückliches Geschöpf? — Nein, ich fluche dir nicht! — Wahrlich du bist unglücklicher als ich. Jetzt

J 5

leide

leide ich, und leide fehr viel; — aber das wird
bald aus feyn. Ein Hügel kühler Erde über mich,
und mein Elend ist vorbey — mein Andenken ver=
lofchen.

Ruhb. S. (einen Ausruf des Schmerzens)

Ruhberg V. Aber du lebst — Du follst leben
— und deine Kräfte sind gelähmt; du bist uneins
mit dir, die Menschen wirst du haffen, sie werden
dich meiden, ewig wirst du Frieden suchen — und
nimmer finden. In fernen Landen, weit von
dem Grabe deines Vaters, wird die Thräne der
Verzweiflung, auf dürren Boden fallen, nie=
mand wird ihrer achten. Geängstet vom Vergan=
genen — gequält vom Gegenwärtigen — wird eine
kalte fremde Hand deine Augen schliessen — Wahr=
lich, du bist ein unglückliches Geschöpf!

Ruhberg S. O! mein Vater — mein
Vater!

Ruhberg V. Nenne mich nicht so, Unglück=
licher! — vor wenig Stunden wäre mir es nicht
um ein Königreich feil gewesen, daß ich sagen
könnte: — „ich bin Vater dieses Sohns „. Aber
du hast ihn ja von mir genommen diesen Namen.
Geh hinaus in die Welt und sey glücklich! — Wir
sprechen uns zum letztenmale.

Ruhb. S. Zum letztenmale?

Ruhb.

Rahberg V. — Zum letztenmale! — ich werde dich umarmen, dich segnen — du gehst — und mein Sohn ist gestorben.

Rahb. S. Ich soll sie nicht wieder sehen?

Rahb. V. — Einst vor Gott. Auf der Welt nicht mehr.

Rahb. S. Ich soll sie der Schande aussetzen, als ein feiger Bösewicht ein elendes Leben davon tragen?

Rahb. V. Wenn dir mein letzter Wille heilig ist!

Rahb. S. Sie in Ketten, mein unschuldiger Vater in Ketten! In Ketten der Schande, die ihm sein Sohn —

Rahb. V. Nicht weiter. Ich will es so! Es ist die Bedingung meiner Verzeihung. — Deine Sachen sind gepackt. Nimm die Post, in zwölf Stunden bist du über die Gränze. Hier nimm dieß Geld — Es ist mein letztes — und nun geh — komm nie wieder hieher. — Sey meinetwegen unbesorgt! Der König ist gnädig — ist mir immer gnädig gewesen, er wird mich schonen.

Rahb. S. Ich kann nicht — ich kann nicht —

Rahb. V. Alle Freude die mir Gott bestimmt hatte — gewähre er dir. Wenn du jetzt
von

von mir gehst — sehen wir uns nicht wieder —
es sind die letzten Worte deines Vaters — ehre sie!

Ruhb. S. Sie sind mir heilig!

Ruhb. V. Du gehst in Verzweiflung von
mir. Dein wartet vielleicht ein elendes Leben. —
Lege deine Hand nicht an dich selbst. Versprich
mir das — (Ruhb. S. wendet sich weg) Unglücklicher versprich es?

Ruhberg S. Ich verspreche es.

Ruhb. V. Und so müsse dich Gott in deiner
letzten Stunde verlassen — wo du nicht hältst, was
du versprachst. Ich vergebe dir, ich segne dich.
Ich drücke dich mit Todesangst an mein Herz. Ich
bitte Gott, daß er dein Vater sey, wenn ich nicht
mehr bin, daß er — daß (er wird ohnmächtig)

Ruhb. S. Vater, mein Vater! — zu Hülfe
— um Gottes willen zu Hülfe! —

Fünfzehnter Auftritt.

Vorige, Louise.

Louise. Mein Vater — o Gott mein Vater —
(sie setzen ihn auf einen Stuhl)

Ruhb. S. Er ist tod — Weh über mich.
Heiliger — mit Segen gegen deinen Mörder,
giengst du aus der Welt —

Louise.

Louise. Er bewegt sich — er lebt! Gott sey Dank er lebt!

Rubb. S. O Gott — du gabst ihm dieß Leben nicht wieder, — um ihn in Schande sterben zu lassen.

Sechszehnter Auftritt.

Vorige, Madam Rubberg, Secretair Ahlden, Obercomm. Ahlden.

Obercomm. Der Bube an seinem Halse — fort von ihm!

{ Mad. Rubb. Armer unglücklicher Märtyrer.
{ Louise. Er lebt liebe Mutter.

Obercomm. Fort mit dem Buben (er schleudert ihn weg)

Secret. Mein Vater — mein theurer Vater!

Rubb. S. Retten sie meinen Vater! Ich flehe ihre Barmherzigkeit an, um Rache gegen mich.

Obercomm. (hart) Die will ich nehmen — darum komme ich.

Mad. Rubb. Darum führten sie mich zurück — darum änderten sie meinen Vorsatz — Zeuge soll ich seyn, wie sie uns zertreten, unsrer Noth spotten.

Ober-

Obercomm. Sie sind nicht hülflos. Suchen sie nur bey ihren vornehmen Freunden.

Secr. A. Mein Vater!

Louise. Schonen sie uns!

Obercomm. Sie opferten ihnen ja Vermögen, Ehre, Vaterfreuden, Glück und Himmel auf. Fünftausend Rthlr. können sie jetzt vom Verderben retten. — Es ist eine Summe, die vielleicht eben jetzt auf ihren Spieltischen liegt. Gehen sie, suchen sie doch ihre Hülfe!

Mad. Rubb. Unmensch!

Rubb. V. O mein Herr!

Secr. A. Mein Vater!

Louise. Ach Gott!

Rubb. S. Nur zu, mein Herr. Ihre Grausamkeit ist mein Trost. Ich, der Mörder eines theuren Vaters soll frey ausgehen? Dulden sie das nicht gerechter Mann! — Geben sie mich an; oder haben sie bereits ihre Pflicht gethan?

Obercomm. Ja Herr, das habe ich.

Louise. O Gott!

Mad. Rubb. Ich unglückliche Mutter!

Rubb. V. Herr, ich fordere mein Kind von ihnen.

Ober-

Obercomm. Und ich Herr, fordere von ihnen Rechenschaft für eine Seele, deren Bildung ihnen Gott anvertraute. — Da steht er, das Opfer von Maximen und Weiber-Erziehung. Jetzt soll er hingehen in Freyheit und vervollkommnen sich zum Bösewicht, und vollenden als Selbstmörder! Elend, Schande und Verzweiflung, sind die Folgen eurer Erziehung. Und du — Mensch? weißt du es wohin du sie gebracht hast? Deine Mutter wollte sich als Thäterinn angeben. Ich hielt sie zurück.

{ Ruhb. V. Meine Frau!
Ruhb. S. O ich Ungeheuer — meine Mutter!

Obercomm. Auf allen Seiten Elend und nirgends Rettung.

{ Mad. Ruhb. Rettet euch — rette dich unglücklicher Mann!
Louise. Fliehen sie mein Vater!

Secr. (geht im Hintergrunde heftig auf und nieder)

Obercomm. Es ist zu spät, meine Veranstaltung macht die Flucht unnütze —

Secr. Mein Vater — bey dem Andenken meiner Mutter beschwöre ich sie!

Ruhb

{ Ruhb. S. Erbarmen für meinen Vater!
{ Louise. Um Gottes willen Erbarmen!

Obercomm. Die Thüren eurer vornehmen Freunde sind verschlossen — es eckelt ihnen für eurer Noth. (mit großer Härte steigend) Mich habt ihr verkannt, vielleicht verachtet, meiner altväterischen Sitte verspottet. — Meinen Sohn haben sie für ihre Tochter nicht gewollt — nun will ich ihre Tochter nicht für meinen Sohn — (Alle drücken in willkührlichen Worten die tiefste Verachtung aus) Mein Sohn soll ein reiches Mädgen heyrathen — ein Mädgen — (er wirft einen Geldsack hin und umarmt Louisen) — die allenfalls einen unglücklichen Vater auslösen kann. (Alle erstaunen lebhaft in einzelnen unarticulirten Tönen, aber niemand spricht) Ja ich wäre gern schuldenfrey gestorben — es soll nicht seyn — Nun die Schuld wird mir Gott mit Wucher ersetzen!

Ruhb. S. Engel der Rettung!

Mad. Ruhb. Ich kann ihnen nicht danken — ich bin außer mir.

Obercomm. Komm mein Sohn, dir bin ich diese Belohnung schuldig gewesen. Deinetwegen habe ich selbst von Juden und Christen geborgt. Du warst immer ein guter Sohn, ein gehorsamer Sohn,

Sohn, ein fleißiger Bürger — Gott wird dir gute
Tage geben, dich segnen, und ich segne dich
auch.

Ruhb.. V. Herr, sie retten mich vom Verderben.

Oberc. Die Kur war etwas hart — aber auch
ein böser Schaden. Junger Mensch, für ihn will ich
sorgen — fort muß er, das versteht sich. Aber ich
will ihm schon Auskunft geben. Apropos — ich höre das Fräulein hat ihm eine Recreation geschickt
— die gebe er mir — im Ernst gesprochen — die
gebe er mir. (Ruhb. S. giebt ihm die 20 Louisd'or)
So, die will ich dem Fräulein Jesebel persönlich zur
schuldigen Danksagung restituiren und noch ein
Paar Wörtgen in Kauf! Nun, laßt die Köpfe nicht
hängen — sonst gehe ich fort.

Ruhb. S. O mein Herr, Dank ist von mir
Unglücklichen zu wenig — Aber Gott sey mein
Zeuge —

Obercomm. Meiner gegen ihn an jenem Tage, wenn er nicht ein braver Kerl wird! — Nun
bitte ich euch, nehmt ihm wieder unter euch auf!
Ehre er eine edle Freyheit, bleibe er bey seines glei-
chen — sey er redlich gut und froh — und wenn ich
schon

schon lange vermodert bin — sage er seinen Kin-
dern, daß sie es auch so machen — und trinkt ein
Glas deutschen Weins zum Andenken des alten
Obercommissairs.

Ende.